有度
YOUDU
CULTURE

有度文化

江西文化艺术基金资助项目

我们所热爱的生活

Women
Suo Reai de
Sheng huo

LIN LI

林莉 著

山西出版传媒集团　北岳文艺出版社

·太原·

图书在版编目（CIP）数据

我们所热爱的生活 / 林莉著. -- 太原 ： 北岳文艺
出版社, 2025. 4. -- ISBN 978-7-5378-7101-3

Ⅰ. Ⅰ227

中国国家版本馆CIP数据核字第2025YY9677号

我们所热爱的生活

林莉 / 著

//

出品人
董利斌

选题策划
左树涛

责任编辑
左树涛

书籍设计
张永文

印装监制
郭勇

出版发行：山西出版传媒集团·北岳文艺出版社
地址：山西省太原市并州南路57号　邮编：030012
电话：0351-5628696（发行部）　0351-5628688（总编室）
传真：0351-5628680
经销商：新华书店
印刷装订：山西人民印刷有限责任公司

成品尺寸：140 mm×210 mm
字数：160千
印张：7
版次：2025年4月第1版
印次：2025年4月山西第1次印刷
书号：ISBN 978-7-5378-7101-3
定价：59.80元

青山相见，江河送远（序）

　　我生活的江西上饶，长江的支流信江绕城而过。长期生活在长江边，我有什么话说？面对这片土地的滋养、期待、依恋，我又该说什么呢？

　　沿着长江不停前行，我看到山河辽阔、天地宽广。一棵桃树，花开得乱、闹，也极寂，从《诗经》中探出了灼灼光影。种地的陶渊明，转身走入南山。秋风破了浣花溪畔的茅屋。而在途经浙江兰溪，路遇麦地，我触摸到麦子成熟的重。这期间，我还去过阿炳故居，听见灰白院墙下，一株芭蕉把二胡声引到了古运河的曲折处。而在溆浦，夜逢屈原，唯有他才能抱得动水底那块传世之石。清晨离别青藏高原时，雅鲁藏布江逶迤，闪现青蓝光华，沿途的雪山生出白首之心，太阳锻打青铜般的世界屋脊。黄鹤楼之夜，登楼望远，江声浩荡，满城流光溢彩，四顾无人，千载之空穿胸而过。金沙江畔，一座钢铁厂和露天采矿场，工人们身穿深蓝的工装回到无数钢铁中，完成又一次锤打、淬炼、粉碎。从华北平原到鲁西南平原，牧羊人坐在收割后的玉米地里，羊群散落处，大江汤汤向北，落日涂抹出平原的金光。在洪泽湖、京杭大运河，雪松树冠上，星空像一张细密的唱片，历史和岁月于此折叠、大开大合。在一户农家，主人马大婶告诉我，她二十八岁时丈夫病逝，带着三个孩子生活，而今，儿女成家，过得都不错。言谈中，只见七十二岁的她戴着珍珠项链、手镯，显得整齐、利索，话语也是爽朗、乐观，没有流露出一点沮丧和颓废。这种真实的生命状态，干净本色、真诚坚韧，无形的力量在丝丝缕缕蔓延。大地上总有很多这样的人，他们像一棵野草、一株野花一样生存，根扎得很深，带着不被折断生命的愿望，构成色彩斑斓的大千世界，是天地间无尽的希望。

江河长流，人间灯火金黄。很长一段时间，我辗转在不同的地方，感悟各种遭遇带来真切的生命体验，并从山水、草木、岸边生活的人群中去发现和感知，一边生活，一边记录，从容、安宁、沉默。我相信其中必有令一首诗热泪盈眶的部分。

从南方到北方，从"旷野"到"人"，高山、平原、大海起身，江河奔流、人声鼎沸，我想在不停扩大的版图里，创造和守护。

2023年9月，我在郑州黄河故道采风，沿着黄河寻访。我记得那一天大雨，站在黄河边，目睹一条大河滚滚前去，浪涛轰鸣。磅礴的气势冲击着我的视野。远处是城市的高楼，与之构成一幅生机勃勃的山河壮阔图。那种从历史深处传来的古老回声和当下发展变迁中崭新的生命力交响，让我震撼。那一刻，我知道一条大河奔腾着，已来到我的诗歌中。当我回到家乡后，看见高铁穿过油菜田，在大地繁花盛景中一次次回想，行走在黄河边，倾听、感受、追寻它的历史、当下、未来时，我想写它，写出生活在大河边的人们，他们的悲欢、精神气象。它承载的不仅是乡愁。我父亲曾对我说，我们从黄河中来也要回到黄河中去。就这样，黄河边的村庄、城市、平原、麦地、苹果树、钢铁厂、石油工人等风物景象也来到了诗中。它们在我的血管里流淌着，日夜澎湃，率领我跟着大河奔腾。

岁末年初，信江边漫步、回望，跟着大河从源头到大海的追寻，对长江及黄河两岸风物人事去发现、探寻、梳理；对此间大众的生活、命运做出细微的体察和应答；对自我进行鞭挞，时而热血沸腾，时而心藏锦绣。它们就在旷野里，在青山和江河间，在烟火俗世的生息轮转里不断生长和奔赴。一种热爱越来越辽阔，久违的感动和温暖满溢开来。生命的奇迹无处不在，呈现出忍耐与担负，得失进取和警觉之中，悲喜交加。

由此，这本诗集写什么、怎么写，都有了明确的指向。我想就这样默默坐着，写一封长信。

目　录

第二辑　山中来信

第四辑　大河奔腾

第一辑 | 繁花相送

沉寂的荒原突然沸腾
因怅然若失被阳光清洗
因繁花相送而微微酸楚

——《眷恋》

春天手记

在春天，不是谁都需要遍野的油菜花开
不是谁都需要成群的蜜蜂在嗡嗡歌唱
倘若有人连夜赶来，在无人的后山坡上留下来
我愿意相信他就是那个我年少时梦见的
养蜂人，我愿意相信他和我相同
他有他为蜂王的幻想，我有我做蜂箱的愿望

2006年1月1日

慢

这就是一切我热爱的缘由

朝阳跃出水面，推出崭新的一天

夕阳西沉于淀山，一切复归于寂静

在这期间，葵花向阳，游鱼戏水

婴儿吮乳，少年远游，老父巷口下棋

是的，这一切就是我饱含热泪的根源

万物各从其类。它们在固有的秩序中慢了下来

"时光有着安静的面容和谜底……"

我终于获得如此这般的娓娓道来

我说慢，很慢，越来越慢，一点儿一点儿地慢

一个人和另一个，一颗心和另一颗

被允许在贴近、聚拢，互为依靠和支撑

2008年9月9日

澄　明

四月，万物之间对应着

隐秘的心灵共振

涌动着不易觉察的电流

繁花和新绿变换山河之形

人们在田野劳作

被春风吹拂

手指和脚步微微一颤

大地上的活着，爱与苦难

给出了训诫

使我不能随意写下

轻飘飘的东西

回到繁花和新绿本身

成为高出泥地的萝卜花

或掉落在楼宇间的香樟叶

小小的，蓬蓬勃勃

我总是一边雀跃，雷声隆隆

一边长久地忘言

2010年7月10日

五月十六日与父亲观蔷薇

金蔷薇开了。父亲坐在石阶的凉椅上，沉思
他大病初愈的身体还显瘦弱。这使他看起来
不再似以往倔强。

金蔷薇开了，很多年前父亲穿过它时
将一辆永久牌自行车骑出了飞马的嗒嗒声

金蔷薇开了，堆在渐渐暗下去的暮色中
辽阔、寂静，带着一点儿荒凉

2014年5月16日

每一个日子都像你闪亮迷人

一定有什么被唤醒
杏花、小麦挤满春天
举着细小的闪电
时间也像一匹浅绿色的小马
欢快地跑起来，推门而去
要说些什么呢
大地是一座宝藏，至今
蛰伏着春雷
敲打沉睡的每一刻
山河焕然一新，折痕处
日子循环，又至惊蛰
去奔跑吧，每一个地址里
深埋着道路和心跳
灯火金黄时，杏花纷飞
人们终将安静地展开双翅
平原上，麦田浩浩荡荡

2019年3月18日

奇妙的春天

那时，我从河边走过

雨刚停，田野葱茏

我是那样欢喜

蒲公英、三叶草、卷耳、马齿苋

鲜嫩的样子吸引着我

那些新长出的花蕾，闪亮甜美

不知道为何，就在那一刻

我想起了我的老邻居

某次深夜的啜泣、暴怒着诅咒

酒杯摔到地上的碎裂声

我的呼吸变得困难

我从一条田埂走到另一条，怅然、迟缓

时间终会替我们一遍遍涂改、修复着

支离破碎的世界

春天又如期而至，暴雨后的小河

浑浊，漂浮着杂物

用电瓶打鱼的人继续蹚着河水

我的眼前

一边是清新的欢愉

一边是泥沙俱下的生活

2021年4月3日

黄　昏

有倦鸟归巢
叽喳声灌满弧形的天空
也总有大河奔涌，在霞光中
向前，拐弯，一点儿也没有
停下来的念头

在人世的每一天
你怎样不知疲倦地爱着
鸟鸣和流水，心底洋溢着欢欣
又如何挽留这渐生凉意的暮色
晚风正把奔忙的一生
吹向更空阔的旷野

2021年7月7日

迎春之诗

父亲说，到田地里找到
长得最好的白菜，连根带泥挖出
用红布条拦腰系好，放上灶台
上香，鞠躬，燃放鞭炮
如此，接春礼毕
真是好运气，这一日
恰逢除夕和立春同在
据计算，下一个这样的巧合
要到三十九年之后
那时，也许我们都不在了
人间会是什么模样的呢
会不会也像今日
阳光明亮，小溪欢快扭动
婴儿肥的身体，萌萌的
邻居在浣洗，胡萝卜、旧竹椅
都带着最好闻的烟火味
我一个人溯溪漫步
水边，一块白菜地
翡翠般，绿油油的
肆意生长，把我惊吓住
我忽然有了一点儿狂喜过后的忧伤
陌生人，我想到了你们
我们不曾见面，不会一起来到地头

挑走一棵完美的白菜

节日的光彩尚不会将我们同时照拂

不久之后，那些白菜会静静抽薹，开出

耀眼的花

一切井井有条又包含小小意外

就是这样，在每一个盛大的仪式里

秩序与花朵

和缺席的人，都是很好的安慰

2022年3月9日

自然笔记

雨下了一整夜
栎树的枯枝上长出了木耳
这黑褐色的耳朵，保持着
倾听世界的决心
檫树爆出嫩黄的花骨朵
细小的欢愉充盈着荒凉的山野
青冈木瘦小的骨节，结着一道疤
像极了一只无辜的眼睛，眼神淡淡的
胡颓子、橡实、含笑、野蔷薇
经过漫长冬天的孕育，在雨中各争其命
我乐于长时间流连于此，甚至不用担忧
我的母亲病了，止痛药快不能镇压
身体的暴动
邻床七十八岁的老妇人，已吃不下什么了
还有那个木讷的老汉，不说话
一个人吃药，一个人按响病床的呼叫铃
"这些要命的痛——"
削减着美，拙劣的生活中
花蕊制造出绝望的波浪
树木吸纳雨水，吐露清辉
我们和万物一同遵从消长的秩序
疲惫，但又心有不甘

一次次，我们承接自然之道和恩典

痛觉消失了，痛在持续

2022年4月30日

枯荷记

荷田里，几支莲蓬
稀疏地静立在夕光中
一些荷叶
有的被镂空了，只剩下
透明的丝状茎络
像是时间纺织出的网
一股忧郁之火在大地上
升腾着
我们被这枯绝中的
旷世风骨迷住了
尽管，我们清楚
那些褐色的荷叶和莲蓬
只是自然的一部分
并不会象征着更多
犹如那一年
我们在一片荷田里，采了
很多干枯的荷叶、莲蓬
后来，我们
坐火车，把它们从千里之外带回来
小心地插在一个陶罐里
仿佛某种不可预知的东西
已深入到我们的生活中

是那么古老而自然

2022年11月30日

暮色中的河流

穿过几棵紫薇
和一块玉米地，我们
来到这里
盛夏就要结束了
我们沿着河边走得很远
紫薇已看不见踪影
玉米叶、河水清新的味道
抵消着我们的疲惫和疑虑
很久之后
当我们转身，看见
河水清冽，像尘世间
另一个自己
从后面紧紧跟随着
那时，我们的心若有所动
暮色中
鸟声密集、清透
已被淙淙流水洗过
硕大的云，静静飘游
紫薇提着一盏盏花灯
又出现了
在波纹里留下斑斓的倒影

2022年12月10日

伤别赋

朋友的外祖母，101岁

在清晨走了

那里有一条河

青石板路，年代久远

昨日，我在整理的旧物里

看到了一封信

那是一位长者

寄来的一束光

多年前

他穿着棕色皮夹克

在寒风里远行，不再回来

当春天又一次来临

生与死、爱和眷恋

活着以及失去

有了新的意义、哀痛

旷野中

一棵檫树，金黄、闪耀

我想，我们会在满目繁花中

遇见，流下滚烫的泪水

2023年1月9日

星辰山

面对群山，我们该说些什么
在海拔一千多米的高山之顶
举目四顾，烟岚如黛
那些散落的村子
小而温暖
四月，时间从松、蕨、槭中移动
群山率领万物陷入又一个
蓬勃的春天
我们又有怎样的情意能表达
深山中，我们没有从
一座星空博物馆里
寻找到那颗星星
我们并不知道
只有在我们离开之后
星星，才会赤脚
在群山间走来走去

2023年4月22日

果子落地了

我说幸福、爱，果子落地了——
我说阴影、伤，果子落地了——
我一言不发，果子落地了——

我要到盐津巴布去，到爱的身旁
在空荡的田野上，顺着风或者逆着风
闭上眼睛，缓缓张开双臂

我要到盐津巴布去，到一枚果子的核
那小小的欢喜和愁，甜浆和苦胆的汁液

2023年8月23日

灰灰菜

我很想和你说说灰灰菜
蜷缩的内心和夙愿，一条寂静之路送它去远方

它还在等，等更大的一道风沙从
山梁翻过来，等一场风暴翻开它墨绿的经卷

它还在等，等母亲的篮子、父亲的犁铧
等一盘俗世的生活被端到异乡人手中

它还在等，大雨滂沱的二月快快来临
它没有雾中的花蕾和火焰，每一个叶片
比尘埃更低，它在野地安顿下小小的身体

我很想和你说说灰灰菜
风沙之下也有不为人知的悲伤和情爱

二月已经到来，二月即将流逝
它还在荒芜中奔跑，它随风沙上了山梁

2023年9月5日

早 晨

蜡梅在墙边
花影里停着一排迎亲的婚车

腊月初八，母亲往粥里
加入花生、葡萄干、豇豆泥

母亲细数着接下来要做的事
祭灶、除尘、炸米糕、迎新春

清澈而结实的时日，五谷如安慰
在世界的每一处，都应该有
这样的烟火温存吧

也有人像被什么击中
在餐桌前微微低头吧

万物于固有的秩序中慢了下来
世事一增一损，没有两难和伤感
没有走着走着就停下来的钟摆

一切如此温润而珍贵
河流推开远山，爱如水滴轻颤

2024年1月16日

波 纹

丝瓜苗钻出泥土
蜜蜂挤在篱笆旁

雨声中醒来，新的一天
感觉又朝未了之事靠近了

丝瓜花，想开就开吧
替丧失的人，积攒勇气

多么浩瀚的生活，也需要
一勺丝瓜蛋汤荡起浪花

不要说起忙碌的蜜蜂吧
谁不是走在无常的路上呢

这丰沃的田园仿佛虚构
你心里的藤蔓从中伸出，又长又弯曲

细雨中，我打开信笺
写下第一封回信

2024年2月5日

眷 恋

油菜花又回到人间

河滩边、田野里

风领着所有的芬芳奔赴

无数人在离开、重返

沉寂的荒原突然沸腾

因怅然若失被阳光清洗

因繁花相送而微微酸楚

能向你表达什么呢

春天何其美好，而我

只想在人间坐下来

看花蕾绽开又凋落

流水悄悄转动时间的木桨

毫无防备地

怅然若失，又以繁花相送

2024年2月14日

重写春天

月亮并未在期待中出现
灰色天空什么也没有

祈愿的灯笼会照亮哪里呢
我们站在窗前凝视

雨滴继续下坠，有些落在刚开的
梨花上，另外的滑向看不见的夜色里

这是我们所热爱的春天
当我们在大雨里谈论最小的满月

那被遗忘的事物
又再次浮动在沸腾的雨声里

2024年2月24日

唯有月亮让我们抬头

雨停了，月亮
从深渊里升起

真好啊，春天里第一轮满月
干净、饱满，在麦田上空移动

此时，你已该入睡了
在梦中用梯子接走一小片光吧

麦苗投下翠绿的影子
高铁就要运来盛大的南方

寂静的仰望中
至少有一瞬间，明月满盈

在天地间漫步，替我们慢慢
回想，一生中落在肩上的那些雪

或者什么也不做，果实般悬垂
听着果核里的春天送来风声

2024年2月25日

一匹马站在春天

一匹马如果跑动起来
后面的河流会不会也一跃而起
用力追着它，率领浪花砸碎天空
倘若它迎向即将坠落的夕阳
那些哗哗的水声，是否就
略低于碎裂中的呼唤
一匹马如果跑动起来
一无所有那样飞奔
遗忘自己那样飞奔
落满彩霞的河流，能不能抱住
两手空空的它，热泪横流
事实上，一匹马只是静静地站在春天
河滩里，低着头，不声不响
身后，是三月的芦苇，枯萎着
它和河水一样灰白，是的
它举着世间全部的灰白，站着
暮色四合，天空迅速矮了下来

2024年3月3日

短 札

再没有什么可丧失了
又逢立春，草木初醒
大地将被万千花朵点燃

但我们是平静的
冻结的躯体融冰后
静水流深，向前奔涌

细雨晃动心里的缤纷色彩
压低了花枝，春风一路从南向北
率领我们抵达世上所有地方

怀揣着小小的故乡
不顾一切怒放吧、花朵般飞扬
并由此原谅从春天无疾而终的事物

2024年3月8日

春天的样子

我看见北方的雪野
大雪中的平原和城市，透露出生机
站在高楼凝神远望的人，试图
在白茫茫处踩出春天的脚印

我看见，南方的河流活了过来
在二月，油菜花绕着河岸飞奔
新建成的斜拉桥仿若琴弦
候鸟正成群结队飞离

还能说些什么呢，半生所见太少
如果我写下它们，投向春天的邮筒
即使用大雪铺开的一张空白信纸
都灌满了感知和感激

都是欲言又止，都是深深的——

2024年3月12日

落日与晚风

紫花地丁簇拥着堤坝
一座湖具有了野生的性感

这时候需要安静下来
做一次挽留

鱼群从礁石中分开
并未留下任何一点儿声息

几只野鸭，兜兜转转
试图游出紫花地丁围拢的边界

垂钓的人离去后
湖面泛起的涟漪，很快愈合

湖水向前，不能回头
常常走着走着就不见了

世界似乎什么也没有发生
晚风推动落日，像心中难舍的那一部分

在痛觉中，慢慢屏住了呼吸。

2024年3月19日

平　衡

橙花还没走到春天的夜晚
春天就快一闪而过

想象即将到来的四月
橙树一边开花，一边结果

清明之后，早晨推门
一地白色落花和小青果

构成玄妙之力，活着
在加深尘世的欣喜

像我们的父亲，只是从人间暂时
出走了一小会儿，又在春风中回来

谁又能拒绝，悲伤有时很慢
不被轻易察觉，但也常突然降临

春天的夜晚
总有花朵和果子，无声地告别枝头

——那样轻、那样空

2024年3月20日

告　别

布谷鸟的叫声从大雨里传来
一整天，我们都会听见
喜悦在敲窗

那失去的已失去
四月最后的一天，栀子花
领我们走向初夏

没有终点，也不谈归途
大雨滂沱，在微微紧缩的感知里
布谷鸟声声，掷向滚滚洪流

高铁依然载着匆忙的一生
去无名的远方，江流闪闪
稍纵即逝，扑向人来人往中

2024年4月30日

旅　程

我们一起去过春天
沿途的河流和旷野
迷人又饱含情意
时间不断向前
我们知道没有一列高铁
会等错过车次的人
飞机也不会因别离
而放慢飞行
天地远大，我们从樱桃
花椒和石榴里
感觉到自己，在人世的
被喜欢和喜欢
在一条命运分叉的小路上
我们奔赴过春天的盛宴
樱桃和石榴还有花椒
长出年轻的、苍茫的光阴
转瞬之间
我们在乎的，分离来了……

2024年5月5日

光 芒

新月从湖面升起
暮霭散去，湖面泛起薄雾

几只翠鸟，从往事里飞远
翅膀划过的空气，呈旋涡状

平原上，桂花快开了
大地闪现淡淡的光泽

人生已至秋，走失的人去哪儿了
是否也身披雾中轻纱仰望

如此纯净的时光不能轻易恳求
湖水用缭绕雾气接走了月色

翠鸟飞临将开的花朵
像给予，又如爱而无言

2024年5月10日

一年蓬

一块腕表突然停止了跳动
它曾随我到过许多地方
见过那些低头时的沉默
或嘀嗒的欢喜
奔跑在不同的分针和秒针上

此刻，它无声，不再与我
对视、交谈，退回到静物的样子
刚刚我经过小巷，又有邻居家
空无一人，一扇铁门生锈

只有大丛的一年蓬开在墙边
仿佛掌握着更神秘的时空隧道
细小花骨朵是一把把钥匙
打开另一个盛夏，不如就停在这里吧

当你重新把时间交到我手上

2024年6月2日

芒　种

想要一块麦地
在平原，河谷边

耕种、收割、狩猎
左手桑麻，右手握着镰刀

难过时，坐在麦穗下
看蜻蜓低飞，交换孤独

若感到厌倦，就捧河水洗脸
千山万径从指缝滑走

在空空的打麦场
有很多已经离去多年的影子

岁月就此虚掷
驿路多歧途、短亭

青春、爱情，一瞬失去
像酢浆草沉入黄昏

大雨里，麦芒如猛禽
平原发烫，河流暴涨

我们都喜欢麦地

走在大雨哗哗的路上

2024年6月5日

解忧小镇

我们要到小镇去
沿河有小酒馆
我们会在那里活很久
我们相信什么就依恋什么
箬叶青青，菖蒲和艾草
适合表达思念
我们原谅头顶上的乌云
忘记踩过的荆棘
我们要去的小镇并不远
邮差不来，也无深夜马车
我们常常孤身一人
坐在小酒馆里独酌
与自己碰杯
空酒瓶可以续酒
也能斟满昨夜的雨水
在很久以前

2024年6月10日

梅雨记

一生会有多少次起飞
又会多少次坠落
一滴雨和另一滴
相互流淌，柔软、洁净
在木槿花上相对而坐

塌陷过的一切，开始
饱满，一步步往回走
万古不过一瞬
眼前的雨
振翅奔向天空
或无可挽回地碎裂
像前世的分身

江南渐渐迷蒙
木槿花接走
淅沥而下的雨声

2024年6月12日

给 予

连日大雨
小镇充盈着水汽
巷子里，葡萄藤爬满墙头
垂下一串串绿珍珠

有些滚落到青石板路上
命运已来到相同的
葡萄藤，长出弯曲的触须

世界缩小在
雨的滴答声里
心中丧失和留恋的事
发出了微妙的音符
勇敢飞行

去找到热烈的词语
点火或沉思
清晨，葡萄架下
木槿开了第五朵
雨水涨满眼睛

2024年6月20日

渐渐透明

午后，四周空旷
再无古人之忧了
一生，辗转无数地方
遇见许多人
那些地名和生活
多么遥远、陌生

所有的事情，都是同一件事情
所有的结果，也是同一种结果
过往轻得可以随时飞走
未来面目模糊，只够看清
蚂蚁在桂花树下走成虚线

秋天将再次回来
告别声响亮
怀中落叶纷飞
愿这仍是爱和善
在决绝地穿越茫茫人海

2024年7月17日

盆　地

要说的话已不多了
涩塘村的荷田
重回到了吉泰盆地
带来安慰和鼓舞

苍绿的火苗，烘烤大地
有些轮回，重塑着世界
有些花开，不须应答

如果再次
从盆地走过，又能如何呢
世事转瞬更替，荷花开过的盆地
当一个人用大半生前行又后退

他看到黑褐色的土地
已删除多余，耐心守候
一群转世麻雀用翅膀
抖落的漫天大雪

2024年7月18日

缓　慢

雨从天井落下
打在铜钱草和陶罐上
母亲在一旁剥豆子
昨天，她在医院拔去
第五颗坏掉的牙齿
小时候，我们换牙时
母亲叫我们端正站着
把掉下的牙齿往天井的瓦檐扔去
那时我们深信，时间里总有
我们需要的一切
但事实上是，一生将尽
此刻，仅剩雨不停地从天井滑落
母亲一边摸着渐渐空瘪的嘴
一边弯腰去捡滚落的豆子
仿佛是在努力替我们寻回
那些再也不能拥有的东西

2024年7月28日

关于人世间值得

傍晚经过菜市场，你看见
有人拎着几尾鲤鱼，去小河放生
修鞋匠在补脱胶的鞋跟
裁缝为一条裤子量尺寸
剪去多余的
一只肉鸽被扔进煺毛机
漂亮的苹果、荔枝、葡萄
引爆生活的甜度
实然就语塞，热流碰撞僵硬的身躯
有太多活法无从说起
每天都过得很平常
却又似乎装进了些别的
像被照耀、善待
又像遭遇嘲弄、羞耻
你从此地，走得那么快
就要走到时间前面
刹那间
细小的、尘埃的光在天空织网

2024年7月31日

在一个不可多得的秋天

南瓜堆在门槛旁
砖瓦房陈旧，有阳光照着
南瓜洗净后，可做甜饼、汤
甚至一驾马车
再贫穷的人，也能轻松享有
邀请菜青虫、伯劳、苜蓿、山羊
做邻居，散漫一点儿就很好
房子可朝南，屋檐挂着玉米、辣椒
窗户面对山泉，被半边竹筒续引
回忆越来越少，珍贵的日子很稀有
来吧，请进，不用敲门
这里没有怀疑、痛苦、谎言
对着土里土气的南瓜，说：爱
在一个不可多得的秋天里

2024年8月21日

我 们

我们在相同的秋天
河水同时流过我们

还有多少深刻寓言
深藏于天空

有时是美艳晚霞
点亮我们的凝视

也会是整夜的雨
或轻或重，敲打不安的心灵

漫漫长途，我们共赴
人间秋风起处，向星辰躬身

我们承受风暴洗劫
将难忍之痛视为命运馈赠

即使最小的野花在我们
脚印里绽放，也足够满含热泪

人生已从河流的湍急上游
至平静而宽阔的下游

原是遗憾催促我们奔跑

是爱，使我们在雨声里彻夜难眠

2024年8月29日

我长久地热爱尘世

昨夜惊醒，翻身坐起

想起那些已经不在了的人

好像漫长的离别，刚开始

要赶往不同的站台、码头、登机口

一路上，我见过江汉平原

长江隔开楼宇和江滩芦苇荡

在广州国际金融中心七十楼高处

俯瞰珠江上灯火璀璨，低低的人间

犹胜银河浩瀚

吉水之夜，胸口被杨万里留下的

一枝小荷的尖角

和稚童的笑声击中

相对易朽的人事，一首诗

更能通向永恒之境

并留下无声召唤

用金黄的词语奔跑吧

马蹄般踩响大地

江河一样鞭打自身

放出躯体坚定的部分

青铜和钢铁献给寂静的命运

爱和沉默，被风吹来吹去

2024年11月1日

星 空

至此，时间越来越清澈
人们淡淡怀念和思念
相信失去的会重回，久别的人
从心里走动，温煦而酸涩

在这一天
走错的路，跟着河流潺潺而去
阳光一遍遍眷顾枯枝
梅花快开了吧

想想应该没有恐惧和不安了
一切并不可预约
但总会按时来去，聚散依依

小镇上，人们打麻糍、吃汤圆
青瓷碗盛着生活的味道
每一个时辰充盈着幸福
即使小小的忧伤也是清澈的
像喜悦蒙着一层薄雾

最长的夜晚过去后
我们的凝视中
梅花快开了吧，漫天蓓蕾

托起浩瀚星空

2024 年 12 月 21 日

在人群中

冬日，南方的河流倒映
一排无患子树和水杉
无患子果实油黄，水杉赤红
无数次从这里转向人群
公交车驶过街道，人们
上下车之际，生活的波浪翻腾
推着婴儿车的女人
抱着文件袋的青年
一群鸟儿一样的小学生
共同汇成每一天的潮水
我一直就在这样的人群中
在笑声、哭泣，公交车门
开启关闭的静音里
无由地热爱、起伏
没有谁告诉我
南方的天空是另一条河
那些油黄和赤红的倒影
已幻化成心中彩霞，从这里
走过的人，是放养在人世的鱼群
不知道什么时候
就会勇敢地各自游回天空去

2024年12月22日

通向春天的路口

多年前，红绿灯拐角
小镇邮局前，两个墨绿邮筒
寄件人来来往往
投下明信片、信件、愿望
每一种，都能如约投递

邮差每天穿街串巷
将路踩得春风般叮叮响
所有的邮件都是待开的花骨朵
虽然无法说清人们从其中
寄出或收取了什么

今天，再次走过路口
忍不住一再张望
尽管那里早就空空荡荡
几棵玉兰树已至中年
唯有青灰的树枝上冒出上万个花苞
安静地转换了南方的模样

2025年1月10日

万物生

灰斑鸠在窗外鸣叫
短促几声就消失了
细雨中的清晨，有些许空落
二月，多少人重返故乡
又陆续离开

就像昨夜，我们从梦里
潜回老家，竹林旁
梅花零星开着，柿子树和苦楝树
守在村子路口
几十年未见有何变化

但我们挤在人群中，却无一张脸
是熟悉的，我们清晰梦见自己的
惊慌和仓皇，对从未能
确定故乡在哪里的人
漫长的寻找和迁徙已成宿命

我们努力翻越山岗、河流
急切呼喊着一个名字
大地上，故乡温暖而广阔
在返回和离别之间
所有奔赴或离开的车灯

汇集成浩瀚星河

我们听见了灰斑鸠的叫声
像在呼应，充满安静笃定
贯穿了梦境，来到清晨
那梦中拼命忍住的眼眶里的雨
今天，淅淅沥沥下到了窗外

水墨人间，突然万紫千红——

2025年2月1日

第二辑｜山中来信

站在枫溪高高的堤坝上，我看见一群雁
向西飞去，有一瞬间
它们张开的翅膀一动不动
像是在经历一场庄严的告别

——《雁群飞过》

梨花开满山坳

现在可以闭上眼，听梨树林从山坳传来颤抖

密语

哗哗——哗哗哗——

一夜之间，它们笃定要和我共白头

这是春天推出的一场盛宴

一匹匹小白驹怯怯地出场

挤满十里长的山坳

这漫无边际的汹涌、无助的汹涌

2006年3月1日

秋天的画布

让我指给你一行白鹭
正从蒙霜的大地上空徐徐飞过
这亮光闪闪的尤物，不为你独有

秋天的画布上，是宽阔的田野
劳动者和沉甸甸的谷粒，万物静美

一行白鹭起飞，代替低处的生命在一张画布上苏醒
一次飞行来自内心所需，两次飞行就是自然法则

它们振翅、滑翔，留下一串模糊的嗡嗡之音
偶尔它们会在半空遽然静止……那突兀的
悬浮着的戛然而止，好似报答、好似诀别

2010年10月16日

落日斜照

葵花秆子，拉葵花秆子的人和车
车辙很深但很快又被大风抚平

土丘，一只掉队的羊羔低声叫唤
跑着跑着，一只前蹄陷入了沟堑

山坡干裂着，泥土的豁口一个紧挨着一个
半截木桩上倒挂着一件破旧的羊毛褡子

落日，请再一次擎高微弱之火
让我在一盏红灯下窃取它们恒久的隐痛

2016年1月10日

山居或旧事

松鼠、篱笆以及
老木桩上新续的茶水
我们和父亲的谈话戛然而止

这些年我们越来越喜安居
此种朴素的岁月
譬如那刻，暮色笼罩远处的楮溪河
父亲从一块废弃的菜地里锄草归来
风把泥土的香气灌进我们的小院

我们被暮霭涂抹
像极了毛茸茸的松鼠
不开口，藏在篱笆深处

哦，松鼠毛茸茸的尾巴
寂静的尾巴
从花篱笆上落下来

我们一起沉默着
静待杯中落花，心里长草

2016年4月20日

雁群飞过

站在枫溪高高的堤坝上，我看见一群雁
向西飞去，有一瞬间
它们张开的翅膀一动不动
像是在经历一场庄严的告别，然后
它们从落日的针眼里
奋力穿了过去——
夕光把整个大地都染红了，黄昏的空苇地上
落着它们黑色的影子，安宁且痛楚

2016年6月28日

四月之末

雨后野刺花落了一地
东边邻居被送上了山岗
这个半生受制于轮椅的女人
死时也轻得像一阵风
一溜烟就消失了
在山坡上坐着
野刺花也落满我们脚边
山野无垠，是花总要落的
这群温良无知的小东西
今时此日，才肯独自
在山岗里笨拙翻飞……
很久了，我们怀有的哀恸
不堪称之为哀恸
我们的一生就
像几朵野刺花，贴着分叉的枝条
苦等春风来斩首

2016年8月12日

金沙江

去金沙江的路上，有一座
采石场，随手捡起路边的碎石
敲击，会听见内部的铁在空喊
钻机、运矿车忙着分割矿山的晨昏
当我坐着小皮卡一路颠簸着进去
筋骨似要被震碎，散了架地疼
采石场不断凹陷，泥尘飞扬、岩石沉默
时间的粉末、工人们的呼吸
呈波浪状缠紧山峰，一层又一层
此刻，只有古老的劳动重复活着
天地苍茫，一切都变得渺小、卑微
我知道，已没有什么值得一提
就在那时，一条金沙江却
毫无防备地从铁质的黄昏闯了出来
苍鹰扑击般机警而忧伤

2018年4月19日

平原上的落日

落日从麦田
不停地追赶，透过后视镜
似乎可通过一扇门去远方
又在宿命之力中不断撤退

那时，我正驾车穿过平原
落日泊在麦田的沉默里
圆满又鲜活，在春天的天空和旷野
紧紧伴随每一个行人
要把麦田上蓬勃的生长之力赠予

我们看见的是同一轮落日吗？
却分明在迥异的空间，甚至可能
相隔着几个朝代
永恒地流逝啊
落日走在永生的路上

我相信，有一瞬间
是落日让我们屏住了呼吸
但不指引我们去哪里
并隐藏了一些神秘的东西

2019年4月12日

大雨中返回故乡

从旭日镇到叶坞
约有四十五分钟车程
这个时节，春意转浓
沿途都是春天的消息
车过朱山岭，拐进水库旁
故乡就到了
我一直没有在这里生活过
却好像从未离开
身体里有一条路，经常蜿蜒而来
今天顺着这条路
又将一个亲人送回山岗
春天用万物原本的生机勃勃
循环着人世秩序
不须妄谈悲伤与消逝
大雨倾盆，桃李开满山野
带着巨大的轰响

2020年1月17日

虫　鸣

在山谷走着
群山的轮廓变得柔软
风中有桂花的香气隐隐飘来
虫鸣声，忽远忽近
我们静静聆听了很久
猜想那些唧唧声，应该来自
丹桂树下，或是小溪边
夜色越深，虫鸣声愈浓烈、清晰
我们都被这潮湿又略陌生的声线
击中了
虫鸣不断，如同一个怀旧的人
始终跟随着我们从一条荒芜的山路
走向另一条
置身其中，我们的确感知到
夜晚中的虫鸣有一种隐秘的力量
以至于我们沉寂多年的心
也在应和
发出了好听的扑通扑通声

2022年8月8日

秋　天

茑萝和野牵牛花垂在老墙边
飞远了的蜜蜂折回到花蕾上
美妙的秋天又开始了
我想起，白露后
有人给我寄来了蜂蜜柚子茶
我还曾收到，一封远方来信
里面写满一个陌生青年
失足的忏悔和对新生活的向往
还有一次，在异乡的山中客栈
一个诗人做了我的邻居
他喜欢把河流比喻成碧玉
这暗合了我对美的想象
但我并未一一回信或是走向前去
向他们点头致意
我只是悉心藏好这人世间
暗存的美意和晦涩
在秋天
茑萝红着、野牵牛花蓝着
蜜蜂停在花影中
一个词语，欲言又止
也有无能为力的悲伤
我知道，正是这完美的留白

会陪我们各自度过又一个秋天

2022年11月30日

南　山

晨起，种下发芽的番薯
这片荒野
辣椒在变红，冬瓜长胖
一天就如此消磨了
但尚有想做的事情没有完成

之后
日影细细打磨事物的风姿
三餐已毕，瓷碗空空
一生便这样过去了
而体内的钟表还在
东晋的时空里滴答

南山，南山
无数个我，无数时辰里
一种无用之人的持守和悲凉
移动在云的深渊

2023年4月27日

青 瓦

雨敲打瓦片，叮当叮当
暴雨冲刷，旧瓦闪闪发亮
苔藓和瓦楞草碧绿

暴雨打在青瓦上的声音
和听见它的人
从东晋开始转世轮回

设若青瓦终将消失
时间的沟壑，能否被瓦缝间
弹起的灰白水雾充盈

2023年4月30日

拂　晓

虫鸣不断，黑暗中
月亮还未沉落，已有太阳的金边
隐隐喷薄而出
日月同辉，山峦如灰蓝色的巨鲸
清晰的几声鸡叫
催促我们从秦汉、唐宋
翻身醒来
去回答时间是什么
心为了什么跳动

2023年5月7日

当我们凝视星星

哪一颗是天狼星

或长庚星

住在山里的泥瓦匠、狐狸、山鬼

并不关心这个问题

很多时候，他们

顶着这些清冷之光，走来走去

却浑然不觉

无论在东晋还是今夜此时

星星总会不断涌现

并在他们的头顶，忘我闪烁

不管是否为谁所见

繁星密布，万物各自生灭

遥相关怀

一切，看似未有任何变化

却又露出无法穷尽的不同

2023年5月9日

满月之夜

第一次，在深夜的庭院
等一轮满月攀上屋顶
毛茸茸的光晕，锁紧了心脏

黑暗中
高铁疾驰的震颤是具体的
整个南山从雾气里浮出

但，山中何所有啊
春天的夜晚，一个人遥遥等待
芭蕉绿留在脱了壳的墙皮上

抬头之际，月亮又缺了一小块
逝去之物，在折断的新枝中显影
雨又开始淅淅沥沥

2023年6月6日

春 分

这一日，昼夜匀衡
热爱和遗忘，同为崖壁上的
野桃花，更替着山河旧事
小镇的效外，油菜地旁
走动着劳作者和看花人
刚翻耕的土壤和播下的种子
温柔，充满活力
每一种活着，铺天盖地降落
溪流推远了万物
阳光晒着心里的碎冰与乱石
春天古老，春风仍是少年
比黎明更早来临
比黄昏驻留得长久
世界还剩下
不能替代的那一部分
热爱和遗忘有相同的重量

2023年6月10日

雨声渐大

没有一个春天是重复的
雁群和雨水纷纷到达
二月，油菜花初绽
高铁奔驰在沪昆线
南方的田野，一寸寸苏醒
人们在立春后开始种土豆
黄瓜，把郊野里的大片包菜
收到集市去卖，蓝色小三轮
运走心里的枯枝
欢腾的人世，雨声渐大
我知道为了什么欢喜
又为了什么沸腾、波光闪闪
我知道，人们活着、爱着
如大雁那样懵懂地飞着，鸣叫
有时也会忍不住突然拢翅于胸
孤悬大雨中
春天浩荡，痛楚又蓬勃

2023年6月26日

葵花与菽

坡地上，几个女人
用木槌敲打，为葵花盘脱籽
饱满的留下
空瘪的用来喂鸡、养鸟雀

坡地上也有种豆者
挥锄躬耕，要从泥土里孕育出
一个个汉字的新苗

如果你来到这片坡地
你将会感受到
南山中，全心全意活着的无言
就要把暮色点亮

葵花提灯，豆苗生绿焰
要把传世的深情递给你

2023年7月10日

拜　访

有人带着甜玉米酿的威士忌
不远万里，穿过豆角地
要去拜访陶渊明
像老朋友一样给他斟酒
去看见汗水是怎样从他额头
滴落在豆苗上
那时，有最好的秋天
稻田藏锦绣，白鹤在其间飞
湖汊交错，锁紧一道彩虹的倒影
时空恍惚，熟悉又陌生
旷野深处，寻人不遇
一块石碑，字迹磨损已不可辨
仿佛在低声提问：来者何人

2023年7月12日

远　眺

登顶远望，视野越辽阔越缥缈
在一则民间故事里，千百年前
这里是海域，烟波浩渺
过往船帆从未停止
以此是否可以推测
我们所见的山不是山
群山起伏有如大海滚动
我们也不是我们
只是一粒粒微尘
飘浮在淡蓝的宇宙
在扑朔迷离中
等待生命的进化成形
一座观念中的南山
从时间的深海里隆起，空谷传音
一种隐秘的秩序和痛
倾向于不羁与悠然

2023年8月6日

采 菊

空空的早晨、空空的一生
唯有竹篱旁的菊花开了
寂静而明亮。山气盈盈
望不到尽头的金黄，拒绝转述

你遇见荷锄而归的人，须发飘飘
沾着一身泥，竹篮里装着
一个名为"悠然"的词语
松开了旷野的风

2023年8月17日

陶 罐

它装过盐、萝卜和白菜
调剂过母亲拮据的生活
还有父亲的稻种与酒
烟火忽闪，喂养时光

不断生长和繁殖的南方
当它一无所剩，蹲伏于荒野
露出易碎的一生
已趋年迈的心啊，为何战栗

一切流逝中
我想抱着整个南方赠你
母亲从菜地拔回萝卜、白菜
顺手掐下浅蓝和金黄的菜花
插在陶罐里

父亲倒出谷种，浸泡，育秧苗
春天酥软，毛茸茸的光线
来回穿梭
物哀之美，沧桑且持重

2023年8月20日

信　任

我信任越来越沉静的

土地、树林、岩石

包括阳光中的黄泥墙

柿子树果实累累，有农妇

举着水管在给菜地浇水

这些，在短暂一生的所遇

不会轻易更改的事物

从容、坚韧。我因而

深知个体的悲喜、生死

是多么卑小且肃穆

时光的消除键中

一切背离的初衷、自由和爱

沉入那些土地、树林、岩石

从空芜处宣告更细微的音信

农家小院垂下的枯黄丝瓜

捎来秋天时离别的消息

2023年9月18日

遇 见

"吃石榴的灰喜鹊——"
在你的叙述中，时间变得遥远
和一千多年前相似，暮年将至
灰喜鹊一颗颗啄着石榴

我们醉后醒来，起身靠近
屋檐下一堆码得整整齐齐的木柴
那内部的火焰和灰烬

像一种宿命的无名伤
也可能是馈赠者在预言：秋天已深

2023年10月7日

南山下

我们来到这里时，有人已离开多年
动荡的生活，催促我们步入暮晚

先是陶渊明，然后是辛弃疾
一座书院和一座墓园，给我们以教诲

从前的马，取走途中的鹅卵石和泥泞
从前的我们，该用什么解忧

马蹄声远，只要一直走着
路，就会从野柿树下活过来

果实尚未成熟，石桥古旧，长出青苔
我们又能如何爱着一切的不完整

那遥远的、雾中的风声——

2023年11月3日

我们所热爱的生活

腌雪里蕻、渍酸菜
至于麦穗鱼，就让它游回水塘

生活如此朴素，新酿的酒在等杯子
不用再想起那些狼狈和破碎了

湿漉漉的双手来不及擦
彩虹就从眉梢上掉下来

不如一起坐在黄昏，无言等待
明天像金星一样亮起来，为过路人点灯

南山清寂，花在花开里
一朵乌云的脚印里并非一无所有

总有情到不堪时，总有跋涉中的淤泥
又有什么话要说，生命来到沉静的春天

刚开的荠菜花已老，将路引去旷野
爱久了的人，会在痛哭过的夜里闪耀

2023年11月22日

果　实

到南山才知道

山岗有甜蜜的形状

满坡松树、橘树、藿香蓟

捧出生息有度的美学

湖水流到陶家村时

也持一颗济世之心

清晨，有种橘者，弯腰，施肥

带来一个果园和秋天的盛宴

也有人在这里，养鸡、喂猪

抵达沸腾生活的根部

坚持用泥土和劳动

与种菊的陶渊明

互为隐喻。千百年了，大地上

果实累累，孤独而辽阔

从中蜿蜒而出的黄泥小路

世人从那里来，也从那里离去

要把自己送到果实低垂处

2023年11月26日

下雪时你会想起谁

雪慢慢飘落，乌桕上的鸟巢
孤零零抓紧树枝
尽管如此，看起来仍带着
些许暖意
雪下得那么认真
每一片雪花，都像在人世出生入死

十二月将逝，一个人掉光了叶子
失去了姓名、地址、日期
就这样孤零零，大雪纷飞
就这样，鸟巢抱着它的乌桕

雪下得那么深
是不是想起了谁

2023年12月12日

去见见爱人

去见见你的爱人
往南或向北都不重要

高铁在途中会停几次也无妨
牡丹深紫，落叶松修长

听见了吗？身体发芽的声音
总有这样的时刻，山河万里

牡丹开在裙摆
落叶松卷着白衬衫的气味

这喜悦里的忧伤，渗入岁月
慢慢用尽一天中的一生

2023年12月17日

鹧鸪

山中闻鹧鸪声
有时在刺槐带着荚果的枝丫
有时从乱石堆的泉眼里
有时闯出幽闭的心灵
隔空传来的鸟鸣，充满善意
浮沉间，还有什么是哀伤的呢
当它衔着远山飞，山峦的沉沉热力
被这轻盈之物托举，呈现逍遥之姿
泉水用沁凉嗓音
向每一个过路人问好
刺槐上，某种事物在飞
消弭了群山和低头种豆者的分界线

2023年12月28日

在南山给你写信

泡桐花掉落在青瓦上

雨急急而下，也有惊雷数声

独拥一座山的心跳和大雨

我坐在窗前写信

欲寄去几阵骤雨和落花

想到打开这张薄笺的人

可能还在东晋

赠花人啊，我们同是时间的遗物

一颗紫微星透出被濯洗过的凛冽

一群蚂蚁从花蕊里慢慢爬出

2023年12月30日

雨 夜

一些雨落在黑暗中的油菜田里
变幻着青翠和金黄的色彩

还有一些，潜入豆荚丛
并排坐着的雨滴，闪着光

大雨敲窗，熟睡的人
愿你不会在滴答中感到不安

万物在重现，我们的春天
将充盈着二月的轻雷

我们仍会一起返回山谷，看见
雨水从山峰锯齿状的梦里滑落

2024年2月2日

花　冠

窗外来了一只奇怪的鸟
大雨刚停
它在长满紫云英的草地上
偶尔长长叫唤几声
鹅黄的喙和灰白相间的身影
散发出异样的温暖气息
当我凝视它的时候，我相信
它也看见了我，我们互相打量
安慰，眼神里停着一朵云
你好，久违的朋友
你好，从秋天离开的人
寒冷的时节已过去
这是春天的第一天
一只陌生的鸟飞来
羽翼扇动，有那么一刻
我也忘了一切
轻轻打开了翅膀
接下来的日子
紫云英会开出春雷的花冠
在不确定的空旷处
在莫名地微微蜷缩里

2024年2月4日

阳光来到我们之间

阳光落到一把锁上
便能听见"咔嚓"的开启声

它还会继续走到布谷鸟的音符里
那么婉转的叫唤，是要喊着谁

这是桃树上的阳光、泉水上的阳光
每一缕，轻轻飞扬

在被锁住的部分，在低音区
我要提着一盏太阳做的灯笼，去寻找

它知道，桃花怎样绽放，泉水细流
锁被什么打开，布谷鸟低低地请求

它知道——
春天如何来到枯枝上、锁孔里

2024年2月6日

隐　秘

我们在湖边停下
一大片酢浆草迎着阳光
密实的紫花丛传来蛙鸣
距离惊蛰尚有数日
蝌蚪还未从水里游出
蛙鸣声来自哪里呢
我们停下来，仔细辨认
那时，风拍打水波
几株酢浆草探向湖面
我们还没见到，盛花期就过了
一定有什么，遍布四周
不在视线中，也不在听觉里
那些蛙鸣存在吗？
湖边的下午存在吗？
我们存在吗？
我们试图从未知的部分
一再确认自己
后来，我们返回车里
第一次，我们腾出握方向盘的手
抓紧了彼此，像要拼命拽住
某种不真实和疑问
我们的车驶离湖边很远很远

车后，仍然跟着一座湖

整个世界看起来波光粼粼

2024年3月2日

山中遇雨

至半山腰，雷雨交加
我们避歇于旧凉亭时
雨声和水雾翻腾着

一座茶园云烟缭绕
不久后，采茶人从异乡赶来
手指染满新茶的清香

一种活着，藏身在简单的劳动中
落榜的书生，也会在凉亭
举目四望后，信手在廊柱上题词

几只布谷鸟，急切的叫唤声
把天空越抬越高
不过此时，山谷仍是空的

雾弥漫过来，我们坐在廊下
看起来，更像是自己的异乡人
杯中茶渐凉，万物虚无

大雨下在我们眼前
你忽然转头问道

还有谁也在这山中吗

2024年3月22日

树叶会重新回到树上

枣树掉光了叶子

推窗，见父亲在清扫黄叶

从故乡带来的铁锹和竹扫帚

在父亲手中，灵巧挥动

成为雾中一幅水墨剪影

天气越来越冷

我们的身体都有一棵树

终其一生

总有几片叶子原封未动

退回大地，披着隔夜寒霜

万物旋转，落叶会重新回到树上

春天就要重现

时间的奔跑那样宁静

不像父亲的脚步，有力

踩在枯叶上沙沙作响

广阔南方发出细微回音

2024年4月16日

深　山

几只云雀飞走后
树林愈见空寂
我们在一棵桑树皮上
发现了一行字、蝉蜕
蜗牛爬行的痕迹
甚至溪边平坦的石头
似乎残留微温
有人比我们更早来过吗?
并肩坐在这里沉思、发呆
当我们一再辨认
那些字迹已模糊
蝉蜕干裂
所有的故事趋向空白
时间越走越快
我们再也没有追上
我们想要的一切

2024年7月3日

重 逢

深冬的田野空阔
趋向简洁，鸟群在乌桕上
啄食细白的籽实，不时引发
一阵叽叽喳喳鸣叫后
又陷入寂静

万物懂得收敛光芒
藏在空白中，庄重而松弛
我喜欢这极限的小和少
鸟鸣裹住寒冷
透出生机，无穷大也无穷小
一直扎进心里

许多年，深夜路过田野
仰头望着天边星宿
闪烁之光，针眼般
模糊了视线

我深知，半生已浪费
可我仍愿是这样的孤勇者
极限的小和少
是无形的，隐痛和爱也是无形的

在鸟鸣和北斗星之间
我将与心灵显影之物重逢
和一棵乌柏慢慢交谈
互换悲喜

2024年12月28日

花的低语

无需梅树下远望，新年很好
春风是我们的脚步
橘色黎明，映照
我们年轻时的样子，轻飘飘的身躯
扑腾飞向刚开的梅花
我们就是新年

一年过去了，一生还在继续
世界馈赠我们，听见花的低语
那些很艰难也办不到的事
迁徙途中遗失之物
都留在高速公路或高铁上
走过的路在身后，未来挤在窗前

阳光一遍遍流淌过双肩
人们祭灶，制麦芽糖
擦洗蒙尘的生活
盘点一年的得失
想起高速公路和高铁
钟摆就停顿了一次
此时此刻，山居生活素朴
我们听见花的低语

2025年1月1日

抵 达

终有一天
我们走进一团光里
有山有水，有一大堆
锅碗瓢盆敲打出来的日子

一条长街，高楼邀来云彩
旧巷子被梧桐和香樟延长
如果在更久的年代
小脚的祖母在熬猪油渣
铁匠的铁皮桶拎着鱼和月亮
我们骑自行车慢慢穿过青春

而今高铁在心里疾驰
运来快捷的生活，仿佛
下一秒就能去往理想居所
却时常夜半惊醒，翻身寻找自己

在这个冬天
请怀着一颗太阳般的心脏
这样才能暖一暖结冰的南方
才不会羞愧
把每一个早晨
当作礼物，对所有的消融

深深感念

2025年1月2日

第三辑 | 旷野如灯

我们的脸庞
因热爱而深刻，缓缓从夜幕升起
点亮所有的夜晚，信天翁瞬间白头
我们空旷的躯体，随之灯火金黄——

——《那些热泪盈眶的部分》

小镇时光

几乎是滴答一声就入秋了
几乎是滴答一声，门前的桂花开了
庭院的桂花开了，整座小镇的桂花全开了
这样的时候你可以在小巷踱步
也可以到一棵桂花树下无声凝望
或者把白衬衫铺在草地上，甜甜地睡去
当天色渐晚，那归巢的红嘴鸟会把你唤醒
你一抬头，桂花就落在你的
脸上、肩上、脚趾上
你突然发现，小镇多么安宁
只有花在轻轻地悄悄地开了又落
你多么幸福，以至于有足够的时间
去奢侈地体验忧伤……

2008年10月6日

斑 鸠

你有没有看见过一只斑鸠
在空空的午睡后，在对面楼宇
悬空的灰砖柱子上

你有没有类似的经历
孤独无望呆立在一扇窗户边
拢翅在胸，头颅垂在寂静的深渊中

你有没有像一只斑鸠那样
想说话却如骨鲠在喉
只能一声一声"咕咕——咕咕——"
拼命叫着喊着，却无人听见

你有没有看见过一只斑鸠
你看到之前是一只斑鸠
你看到之后不仅仅是一只斑鸠

2019年1月19日

夜行火车

山脉、河、沉寂的栾树
黑暗中
它们如同一些
深情挥手告别的人
一闪而逝
我在火车里
默默看着它们
在冬天，它们剔除了多余的枝节
光秃秃的
陷入一种清晰可辨的枯萎之美
车厢中的人们
已经睡去
在一个又一个的下一站
抵达自己的目的地
我只想靠在窗边
就那样默默坐着
仿佛是从一个遥远的古代开始
再一次将山脉、河、沉寂的栾树
一一经过

2021年12月10日

在盐津巴布写诗

春天尚远，盐津巴布尚陌生，我尚单枪匹马
让我在盐津巴布写诗，写下旧历最后的一个言辞

马蹄声歇，我独自来到这最漆黑的一夜
我写下：草原、羊群、孤鹰、寺庙、没有油灯的人家

对应这俗世我还写下：彩霞、北斗星、闪电
那没有出现的一切，在一张纸上凸现

夜霜扑面，苦荞旧时开白花，我如今只在此写诗
农历十二月，盐津巴布大雪，盐津巴布没有尽头

我写下的诗行在大雪中静静地炸裂……

2023年6月3日

满　月

如果我爱，我就拿出四种词语
干草垛、空麦田、满月、牧马人

如果我爱，我就让昨日的粮食堆满谷仓
牧马人坐在干草垛旁，明月濯洗石头的城

如果我爱，冰冷之焰在头顶上寂静流泻
一辆马车永远无法运送黑夜的荒凉——

2023年7月8日

馈　赠

一棵栾树，开着花

站在河对岸

风吹着，轻轻颤动

暮晚剩余的霞光，穿过了它

在对岸，它旁逸斜出

先是明亮的，接着慢慢黯淡

几近于无

当我来到这里

远远地看着它

绚丽的花朵

举着一束火般的忧郁

多像是某些偏执的念头

开着开着，就落了

我确信，我曾见过它

我想起，昨夜在梦里

树下

那些生命中来过的人

又走了

2023年7月10日

旷野中的乌柏

高铁穿过旷野
那里有一棵乌柏红了
放下了所有过往
甚至内心一段不为人知的悲喜
大多数人坐在车厢里
并没有在意它
猜想中，风穿过
树叶在落，消失
叶脉留下岁月的伤痕
铁轨弯向看不到尽头的路途
短暂经过的人，并不停留
朝着各自的远方奔忙
一点点风卷落叶的声音
颤抖着，红着脸
树叶放弃了枝条
火车不知去向哪里
旷野中，没有
挽留，也没有送别

2023年11月8日

等 待

一地落叶，栾树的、朴树的、无患子的
靠近又分离

所求越来越少
但谁的心里能没有几件不堪提起的事呢

落叶追着落叶
提醒着世界总在不断纳新辞旧

傍晚，有人不知为了什么，坐在街角哭
头深深埋在臂弯里

像冬天，落叶被点燃，那些青烟，噼啪的火星
在慢慢灰暗的天空，清晰起来

街灯点亮随之而来的暮晚

2023年11月11日

石井庵

庵里，失去一条腿的男子坐在凳子上
仿佛掏空了自己
独步向一生中迟缓凝重的时刻

膳房入门处，贴着"止语"两个大字
当跪向蒲团祈愿时
被一旁的女居士摆手阻止

心里愚痴的执念，一再空悬着
有了不可告知的命运
已由缭绕的香烟虚化

唯有一口古井，把从唐朝开始
就不断涌出的泉水
洗了又洗，呈现出难以描述的灰蓝

而去石井庵的江边
大片苍耳，枯萎至褐色，取出了尘世里
尖锐的部分、闪电的部分、不甘的部分

2023年11月13日

打石坞

这里有马，低垂着头
跑累了，把驮着的茶、盐还给
群山和小小的村子

苦楝子像一把青糖果，撒向天空
失神之际，想起遗忘已久的甜
失去之物正被捡拾

此刻，有什么从古道上走出
分开了茂盛的茅草丛
几只鹅，拉长的音调，搅碎水潭

安宁中并无隐忧，山边的柴火灶
烧得正旺，铁锅里白菜炖豆腐冒着热气
世事放空，烟火中山河光明

如果有一点点悲切，那个人一定来自南宋

2023年11月16日

桐木江

可以从多个侧面进入桐木江
比如，站在鹅湖山上远眺
河水流到永平镇，会有一次停顿
山峦起伏有如浪花跳跃
一座石桥，渡车马、渡行人
但从不度自身，只与水中倒影合成
没有缺口的圆

还可以经过老街，去倾听
一条河在喘息和叹气
流到一个铁匠铺和老式理发店里
炉火熄灭，沉默的铁器
发出了流水般的细响
而理发店中，一位老人
正在挑拣香菇，镜中反照出一截空河滩

时序初冬，有小雨，微冷
桐木江如一把卷尺，测量着人心的宽窄
也把人世冷暖，一会拉长，一会又缩短

2023年11月17日

这一年

落日劈开平原，孤寂的心脏
滚出黑铁和灰色矿石

我失语于坚硬的铁融化时炫目的柔软
迎风的碎石，裂开无数沉睡的恒星

我到黄河边时，白鹤缝合着流水的伤痕
浪如飞刀，一粒细沙在呻吟

我还在横断山下，路遇赶着黑山羊的牧羊人
他拒绝和我交谈、合影

我转身后，火车忽远忽近，满月照着苹果树
那些闪耀，空荡地活着，艰辛而丰盈

这一年，长路辗转，万物相逢、惜别
苹果眷恋苹果花，一个字也不说

2023年12月2日

信

等小河结冰，父亲敲碎

薄冰，洗去萝卜上的泥

等一座石拱桥，把小镇引到晨雾中

我的父亲已经八十岁了

他一定在这里送走了很多东西

但他从未说起过。他数次

梦见的祖父，像在五十年前的春天一样

种完甘蓝又种萝卜

仿佛一生，就是用锄头挖一小块地

昨天，邻居从桥边哭别他的父亲

这世界有很多的小河、石拱桥

会被父亲失去。雾散后

阳光在化冰，我等了很久——

我在等什么呢？我还没有

想好要怎样写这封信

也不知道要寄给谁

2023年12月8日

大雪之后

雪后的城市有薄荷味，灯下
淡淡笑谈，言辞缥缈
一句细雪压枝，一句赠春天
窗外，柿子安静红透，闪着光
也会被风吹落，各自飘零
以此注解着何为人生绝境和释然
但往来者总是一无所知地活着
庸常的生活教会我们忍痛和泪涌
我们的一生，迎来了什么吗
真的割舍过什么吗
那些世间珍爱的雪和果子
是怎样孤注一掷，美到哀伤或消融
我们经常能感受到，却无法写出

2023年12月11日

浆　果

十二月的原野
赤楠靠近山崖

一颗贴着另一颗。有必要
坐在一旁不停地打量

青灰岩石，黑玛瑙果粒
从风动处递来热流

再过一会儿，它们
就会取走大地的荒凉

痛苦如此模糊，喜悦结籽
被压弯的枝条微微震颤

老去的藤蔓，拉住路人的衣角
送来浆果味的黄昏

相拥着的事物，风一吹
就挨紧，满含深意

2023年12月14日

永 恒

冬至，父亲把从秋天开始
储藏的种子又搬到阳光下
翻晒一遍

香芹、豌豆、葱、油菜、谷
一串暖洋洋的名字，喊一遍
冬眠的心就会发芽。父亲用一生
围着它们转来转去

在小镇，许多人
都没能挨过这个冬天
许多事悄然了无影踪

现在，父亲默默挑拣种子
几粒豌豆的果壳，还装着深冬的鸟声
不久之后，它们会开花
露出一个淡紫的春天

要如何体察它的不同以往
相似的花蕾，含着何种新的香气
荣枯之间，潜伏着怎样的悲喜

草木喧哗，不能被听见

但并非无迹可寻，父亲说
万物皆有种子，诸事亦有始终
在地里种下什么，就会长出什么

香芹、豌豆、葱、油菜、谷
再喊一遍
人世亏欠的，泥土会如期归还吗

2023年12月22日

这世界总有令人容易走神的事物

夕光射向湖面，七色丝线

散成涟漪，十二月就要结束了

湖边，女人俯身手推车卖烤串

往鱿鱼卷上刷了甜面酱、撒了胡椒粉

芦花卷起茅草的银灰

水中浮萍苍绿，相互映照

生之恩典与大自然杂糅

此时，需要笨拙地爱

需要微风吹走所有负担

难忘的事——浮现

荡漾着，投下倒影

两颗紫色小星，了无羁绊

并肩行走在尘世间

消除着人的悔恨

2023年12月27日

明　月

秋天，北中原在黑啤里轻晃
我们碰杯，心志邈远
语调变得微醺，像太行山
冒出了大面积的云彩

此身如寄，那些手指上的花生
来不及发芽
而炭火中的羊，走不回旷野

云彩里，
明月高悬千里，不知从何时起
在我们之间垂下一条
去往星空的迷离小路

2023年12月27日

辽 阔

第一个祝福我的人
告诉我，路过这个街角
春天就到了
请学会在天亮前转身

第一个应答我的人
确信时间是花开
果实成熟不用催促
情到无时，就会痛

第一个给我写信的人
送来一驾南瓜马车
生有苦渡，路忽长忽短

第一个离开我的人
带我去明天
脚印在露水上洇开
风在送还

这是冬天，辞旧之岁
没有别的事要做
我坐在窗前，看见金星
从风铃木的梯子上走下来

那些冬天里的蜂蜜和薄冰

当它融化

银河曾摇晃了三次

2024年1月1日

送　别

我们又送走了一位亲人
时序岁末，又恰逢新年伊始

今天阳光正好，世界如常
我们在这里送行，像要
把一粒种子还给原野

辞别时要说什么呢
我们走在深冬
路过的树木少了花叶的痴缠
多了一份清简、素朴

早播的油菜，已从泥土里
露出一点点绿苗，接下来
春风拂过我们的所见
也必会吹动我们所看不到的

人们相继来到，终将离开
要说什么呢
我们一直走在送别的路上
丧失着，并不空悲切

鸟飞出天空，浓烈鸣叫

安抚着肃穆的原野
要说什么呢

一旦仓促的消失降临
人们是否来得及送一送自己

2024年1月14日

吹 拂

又一次，人间覆满新雪
平原与河流，安静地牵引清澈的词

二月，已在身旁
一定有什么，来到了我们之间

每一场雪，都饱含一个春天
只要我们并肩站着，梅花就开了

山河敞亮，我们一路向北、向南
眼睛里跳跃着梅的红焰

又一次，平原与河流，在岑寂中
长出春风鼓荡的模样

被犁开的雪原，露出墨青的河道
山峦，敞开沉睡的矿脉

那不曾在时间里失去的，都留在春天里。

2024年2月1日

春　山

在山里走久了，能遇到什么
此刻，在这高山之巅
因人迹稀少而辽远旷达
远眺中，雾凇闪耀
巨石从云彩里浮出
野瀑飞流，梳洗锃亮的时间
还有什么祈求吗
都不如坐在山顶写信
怎么写，有无收件人或地址
并不重要
起笔处，是春风开始的地方
转折里，山河朗朗，春色无限
在一个小小的停顿中
也许会有一双眼睛，静静对视
甚至不必猜测，写到哪里
积雪融化，小松绿苍碧
心松开巨石，要怎样暖洋洋
当暮色四垂，山下远远传来
烟花和爆竹声，灯火幢幢
人们又迎来了一个新年
哦，新年——
不过是在春天的山岗

把发芽的事重新做一遍

2024年2月9日

暮色苍茫

鸟鸣声愈急切愈浓烈
苦楝树的气息推远群山
春天的傍晚，身体的风箱
嗡嗡嗡作响
里面一截塌陷过的生活
布满泥污和叹息
长夜里突然砸下惊雷
这又有何妨呢
鸟鸣叽喳，衔来第一缕春光
苦楝树用回甘的香气轻轻接住
暮色苍苍啊，你指向远山紫
我正提着缀满苦楝花的
碎花裙，走下中年的缓坡

2024年3月10日

相 逢

高铁穿过油菜花地
高铁上坐着什么人

油菜花摇碎春天
春天里走动什么人

那高铁飞驰，要往哪儿赴汤蹈火
那油菜花啊，为何不顾一切席卷

什么人，遇见开花的路
什么路，引来一身芬芳的人

故乡，油菜花一再举着
父亲的倔强、母亲的眼泪

我用花蕾敲门
坐在春天的门槛，略低于春风

2024年3月11日

江　南

竟是如此迟
春衫正薄，江南渐老
油纸伞，遮不住烟雨寒

石板路旁，旧瓦缸溢出铜钱草
为树木剪枝的工人，穿一双红胶鞋
后背绑着安全绳，看起来
像挂在树梢上的一只纸鸢

此地，许多生活，粗粝而生动
颔首回想时，杏花高过青瓦
晃动托孤般的美，纸鸢如何挣脱
万有引力定律，飞向自己的命运

该怎么谈到江南呢
旧瓦缸曾装着井水
石板路牵引弯曲的岁月

我们尚未从唐朝动身
油纸伞打开又收拢，杏花碎了一地

2024年3月15日

春天的夜晚

子夜，父母亲睡了
窗外绣球花也该开在梦里

我盯着一段视频，反复观看
八十八岁的钢琴师手指跳跃

自古情深不寿啊，琴声如化蝶
一个音符已来到扣人心弦的命运

我的父母亲并不懂得蝴蝶有哀愁
他们习惯早睡早起，在小院种菜种花

蝴蝶落在他们的香芹和绿绣球上
轻轻扑动翅膀，缝补着人世的荒凉

今夜，绣球花未眠
一支曲子里，没有火车从前世经过

铁轨弯曲，风在搬动它冰凉的琴键

2024年4月22日

桃花洲

清晨，云雾聚集泸溪河
至暮晚，已不见踪影

岸边枫杨和樟树的新绿，蓄满慈悲
暮春的大野，已完成了新旧更替

坐在竹筏上，风化岩上的万物
于眺望者的眼中，各具想象

崖壁收紧了内心的云彩
由玫瑰色转至黑青，愈见深沉

四月，发生过什么呢
夜半醒来，群山仍将千年之谜

推向黎明，但并不给出答案
只有一棵苦楝树开满紫花

站在渡口边，安静地
等南来北往的人，慢慢走过浮桥

2024年4月23日

暴雨后

泸溪河以浑黄的波纹
藏匿了时间的倒影

昨日，我们同坐于此岸
竹筏送来明天，流水之上

我们又要各奔彼岸
那些绝壁抱紧顽石之心

替孤独的旅人，守住春光
风中，山峦散发青春活力

旅人啊，请停一停
流水匆忙，生长和消亡互为秩序

亿万年也只是一瞬，盆地的秘密
正被镂刻成深红色的霞光

2024年4月24日

遐　想

站在一千多年的樟树下
一只鸬鹚的侧影也覆上了苔藓
编草苫子的女人和修竹筏的男人
手指上缓缓流淌着一条河
岁月中的蹉跎就此别过吧
对岸山岩有神秘骨架和花纹
越热爱，越胆怯
在更恒久的轮回变迁里
万物默默沿着流水生长、沉思
用一身苍翠对时间做出回应

2024年4月26日

漫　长

鳊鱼游向天空的时候
河流与倒影交换着秘密
波纹里分不清，哪些是鳞片
哪些是想了又想的事情

每天傍晚
我快步经过时
都会慢下来
凝视着水深处

鳊鱼滑翔，藏着丢失的细节
遗忘的路，从身后又追上来
一张网，挟裹泥沙涌入黄昏
万物聚散，既有序又无常

流水浩荡向北，时间多么漫长
它的终点里
小雏菊来到了夏天

那些年轻的时辰
堆在门外
包括洁白的念头

2024年6月9日

落　日

暮色平静，我从桥上走过
太阳坠进江水里

古渡口已废弃，水雉
泊在江心洲

春天时，我来过这里
久久站在桥上

江水、码头、水雉和我
都会被时间磨损、修复

现在，我默默看着这一切
并不打算说什么

辜负过的已不值一提
万物皆有宿命

江水带走夕光
还有我们倾斜的影子

我在等待，太阳落下

水雉的叫唤落满夜色

2024年6月11日

水　塘

顺着石阶和青苔

我们无意中

闯入这个陌生之地

一只野兔闯出来

很快又不见了踪影

它消失前

是否回头看过我们？

我们四处张望

除了风摇碎波纹

什么也没有

就像此时，我们感觉到

生命在一点点流失

包括爱，包括

我们喜欢的事物

可我们只能束手无策

站在这里一动不动

剩下那些浮萍与荷花

迅速覆满了水面

替我们分走了肩上的暮色

2024年7月9日

寻 访

那夜途经河谷

蛙鸣声鼓荡

热烈得令人呼吸困难

忽然就不觉得孤单和恐惧

仿佛一直有同路者

在黑暗中，不离左右

相互把手握在一起

青橘子的气味

使风变得弯曲

这亘古的良夜

蛙声一会儿在前面

一会儿身后紧紧尾随

人世完整，没有缺口

荒野从四周涌来

2024年7月16日

我们坐在湖边

在湖边坐久了
天空的羊群
放牧到了湖水里

甚至能听见，体内
另一群羊，冲破防线
湖水愈深，愈像有大事发生

一辈子啊，刻舟求剑
在梦中划桨，惊醒时
羊群已转世为雪豹

拖着水底醒着的游魂
湖水推着它们
辨认自己，羽化自己

2024年7月18日

灰喜鹊飞回秋天

每到秋天，就会感觉到
风在一点点搬空大地

果实、粮食，四处奔波者
披着光，有圆满的形状

心里熄灭的已不知为何物
为何还要独坐石阶

至暗时刻，该有一颗彗星
慢慢拧亮，饱含热焰

满眼霜花的人在虚无处
跋山涉水，用力张开翅膀

像灰喜鹊飞回秋天
落满世界的每一个角落

2024年8月7日

是什么令我们相聚

流水席上，每上一道菜
锣鼓、二胡、唢呐就吹奏一遍
能赶回的人都聚到一起
乡音拉近了距离，种种回忆
也在方言里鲜活起来
多少年，人们离开这里
去寻求更好的生活
只有为了最后的送行
才会这样齐整，同时回来
穿过稻田、小河，一个人的
一生送至山岗就结束了
锣鼓、二胡、唢呐声声
在初秋的酷热里，有了一丝
不易察觉的阴凉
大野苍苍，野梨树只挂了
几个瘦小的梨子
红薯地却已可以开挖了
人们也将再次各散东西
并很快淡忘今日诸事
那个从河流旁消失的人
会不会在空中俯瞰着这一切

2024年8月24日

多少时光不再重来

湖边静坐，可以听见
栾树在落花，但不会说出
时间在汩汩而逝

此时，如果有谁小声叫你
邀你来湖边长椅坐一坐
就放下一切，欣然前往吧

想耐心陪伴的人并不多
父母、孩子、朋友、爱人
能亲密叫你名字的，也屈指可数

所有人并不能相守很久
这世间，总有些人走投无路
也有很多事物去向不明

当你远离故乡
当你漂泊在陌生的城市
当你上错另一趟列车

倘若有谁小心翼翼喊你名字
一定要记得回答一声，晚霞中

湖水下沉，长椅落满栾树的金黄

2024年9月10日

寂 静

清晨出门，天未亮
田野雾气缠绕
高铁快速掠过，此刻
我想将雾和南方寄出去

一定有人也会像我这样
喜欢默默在车窗前看着
持有隐秘的心灵响应

每一片叶子都会落下
每一条河从流淌中消失
我会跟着高铁去很多地方
终有一瞬，我停在这雾中

整个南方静穆，升腾着
安宁里的悸动在攀爬
屋舍、油菜地、一口老井
打开这青灰卷轴的人们
坐在乌桕下，眼神雾蒙蒙……

2024年11月9日

广　阔

还有什么比得上身在盛世
心徒然去了旷野更为广阔

又一年，草木四时轮回
失而复得或不再重生，都各遵秩序

楮溪边的栾树、山楂树、垂钓的人
会活得比时间更持久和真实

霜降后，万物用凋零的方式
藏紧一生，暗暗蓄积能量

夕阳跨过石步，小镇故事
逐一在窗前亮起灯

黑暗中，一些遥远的人事
想了又想，宽广，凉如流水

2024年11月20日

那些热泪盈眶的部分

水杉带着晚霞

领我们来到冬天深处

奔跑过江边的制衣厂、客运站

信天翁坚定地偏离喧腾的生活

细细鸣叫着飞向断枝

浮生甘苦交织。枝叶斑驳

下班的工人和旅客

转身走进江水流动的对岸

运沙驳船晃动橘色暮光

活着的意义被什么重复阐释

我们走在其中，并没有打算找寻

理想和艰辛，正汇合成无形的力

过往随风飘散，我们的脸庞

因热爱而深刻，缓缓从暮色中升起

点亮仅有的夜晚，信天翁瞬间白头

我们空旷的躯体，随之灯火金黄——

2024年12月5日

给

岁暮，仍在途中辗转
雪粒沙沙声将时间推远
从盆地、丘陵，再转至平原、山岗
从城市、小镇、原野，不停地
一次次经过、忘记
所有的路，向前又在后退
这个冬天有什么不同吗
卖烤红薯的人还在路旁守着炭火
旅客涌出站台，是离开还是回返
候车室里，对着手机旁若无人
抽泣的女人，她要哭给谁听
一年将尽，一年新启
这是温情而锋利的流逝与重来
开始和结束
在北方，白雪裹着火红的山茶花
银杏只剩枝条，细长干净
再向南，雨夹雪后
一小片晴朗在发蓝
一生简陋，我在灯火阑珊时回头
看见，一盏灯等着一盏灯
一盏灯点亮一盏灯
倔强含着光，炽热又苍茫

2024年12月17日

旷　野

有什么刚开始
绿色的河，一只野鸭
稍后，太阳像一颗
成熟的甜橙
万事更新、旧情绵绵

崭新启封中
万千色彩，河
野鸭、甜橙，它们
在旷野里旧情绵绵

宁静，注定的开始
河的波纹山樱花般绽开
一种宁静，如同野鸭的歌声
南方的旷野，空阔、拥挤

2024年12月20日

第四辑 ｜ 大河奔腾

整条大河那么清晰、那么沉着
以至于你每走几步
都忍不住回头

——《谁在为你祝福》

黎　明

心敞开着，黑嘴鸥、天鹅、大雁……
数不清的鸟，都在飞
是集体的振翅声给我带来天空的消息
这个黎明，在黄河口湿地
芦苇紫色的穗、碱蓬草红色的穗
铺向远方

爱惜翅膀的鸟儿，时而贴近盐碱地
时而贴近大河，那一秒，明晃晃的浪花
就开到翅阴下，开满我全身
我更像其中的一只黑嘴鸥，驮着
湿漉漉的灵魂飞回来

在湿地，黄河口边
在羊群、石油工人和他们的孩子中间
爱和自由，敞开着
黎明中，我们和更多的鸟儿，一起飞
那样活泼，要和大海无垠的蓝久别重逢

2023年8月25日

大海来到你的心灵

该用什么来测量
渤海炫目的湛蓝和黄河古老之黄
互相交织、辉映，胸怀不死爱意

那最深情的交汇，带着高原上的飞沙
肝胆和神谕，去往更辽阔的路上

黄河口已是芦花飞雪，多种声响混迹
皮筏子、羊群、鸟以及钻井台
都归拢于同一笔：天下黄河入海流

从此刻起，以滚滚大浪作别
粗粝的涛声此消彼长，万物变迁
浩荡，含着新的生命和活力

河海相交，好比万物殊途同归
你亦可向世人坦言，大海来到你的心灵
或者默默无语，站在黄河口独自眺望

没有谁能为你带走一条河流
除了大海，没有谁能为你呈现一条河流
除了大海——

2023年9月18日

只字不提

秋天渐深，无由忆及故乡
几间黄泥房，群山环绕中
已找不着痕迹，柱、梁、枋
是否重新长成一棵松
倔强地走回树林

密集鸟群，去了又返
填满秋天的缺口
山岗收留了一切，为何我记不得
任何一张脸，漫长的回想中
稻草垛煨暖童年
从窗口就望见的菜地
白菜、萝卜、葱，一直生长

种下它们的祖父、祖母
已经不在了，包括许多乡邻
空寂的房间
墙角挂着蛛丝网，在山坳里
走过田埂，就能看到
情至深而无言
而这正是心灵不会枯竭的源泉

人类的乡村，广大而细小的乡村

要用一生等候，火苗从渐暗处
明亮蹿出来，渐渐金黄

2023年9月30

河　流

倒影在旋涡里重新碎裂
我们再次从岸堤走过
一如河底斑斓的鱼群
几支芦苇从风中
拉近河床与云霞的距离

黄昏中的南方
那些村落、小镇、行人
像分汊的支流盘绕
候鸟掠过时
留下几声鸣叫

暮色正落入我们的双眼
脚印渐渐生出铜绿
大地葱茏，孕育无限生机
记得也是这样的黄昏
我们曾和鱼群交换过体温和活法
繁星和人间灯火，渐次从水面升起

2023年10月8日

春风渐起

清晨，水仙开了
从书桌上的旧陶罐里
河边，几株梅自由举着
冬天的苍蓝

一年已尽，走过的路
见过的人事，一点点清空
梅枝因空芜而逍遥
拥有很快乐的心

水仙花的新颜在
陶罐旧裂纹里溢出来香气
应该不需悲切，再无伤心人
人们走在回家的路上
街道、窗户亮出灯光

这是欢喜的南方
故园、青春、小镇生活
都在一条河边哗哗响着
昼夜更替、四季循环，感知到
人世仍有深深的凝视和疼痛

再过些时候，梅枝提来春天

万千花蕾用力拥抱，光明而沸腾
来吧，和我慢慢谈论春风渐起

2023年10月9日

麦 地

河岸边，麦地连成赤金的一片
收走了所有光芒和故事
风一吹，就双眼迷蒙

什么样的人才能铁石心肠
哪种泪水在深夜涌出，没有声音
谁配拥有一颗爱到痛苦的心

麦穗，赤脚站着，交出泥土的重
带刺的事物，拒绝交谈，放任山河空远
流水送来黄昏，平原微微倾斜

2023年11月14日

我们所热爱的事物

山中层林褪尽叶子

有如释重负的轻简

疏朗的树杈举着鸟巢

温暖中略带伤感

低处田野里的泥土被松整过

裸露出原始的灰褐色的肌理

细小的波澜在胸中翻涌

此时要想起什么呢

那一次

从黄河边走过

明月一动不动悬在枯枝上

有人远远看着，伸手

握住一小片光

整条太行山脉已睡去

那样静，那样空

到底是什么呢

只一瞬

那静和空也睡去了

2023年11月24日

归　途

我应该还有一个故乡奔赴
太行山和豫北平原是两匹马

驮着黄河、淇河、卫河
走过村庄、麦田和玉米地

大地上赶路，我相信
黎明中飘来烩面香气的人家

温厚而可靠。我们在清澈的早晨
相遇，点燃血缘之火

我相信，深情中的韧性、宽阔
三河交替，要领我去大海

归途会有一场大雪吧
如白鹤翩飞，将故乡送往圣洁之祠

杜甫牵着太行山、豫北平原这两匹马
看，伟大如何诞生——

一句话堵在黄河故道，像哽咽

2023年12月2日

故乡的酒

老家新盖的房子，挨近竹林
前面是稻田，再远与山中的祖父相对
当年祖父被抱养来到这里
他一生未离开，但又像从未抵达

许多傍晚，祖父坐在屋檐下
一碟花生和一杯酒拉长暮色余晖
杯中酒透出岁月的琥珀色
他一次次举杯又放下，盯着天空

如今，祖父早已不在了
我们也很少返回老家，时间的流逝中
我常常分不清祖父到底是谁
如果他不曾被抱养到这个小村子
他应该在世界的哪里，他还是他吗
他心中是不是也有遗憾和委屈？
他是否期许，一杯酒里有一个故乡
小饮一口，就双眼发热

每次回到老家，每次事与愿违时
想到我们是一个来历不明的人
我就心生亏欠和感恩

一杯酒把秋天和故乡叫远，辛辣又绵柔

2023年12月16日

大平原

旷野里应有落日吧
温暖的，含着粒粒沙金
麦田和玉米地在接受光的降落
难以猜测它们去向了何处
收割后的土地
即使空旷荒芜也是迷人的

地平线上应飘浮着某种未知吧
这些奇怪的暗物质
丝绒一样的网充填其中
人们在这里生活、老去
麦麸做的脸，无法辨认

已是删繁就简的岁月
赤橙余晖托起这大片山水
光影勾销后，只剩一副灰白骨架
多少命运不可说
多少情义不能重来
随之而至的夜晚，灯火金黄

2023年12月22日

黄河边的村庄

火车应穿过梦中的平原了吧
一条河送来哗哗声
你跟着流水停在两棵合欢树下
你来得太迟了，冬天
鸟巢里的喜鹊也飞走了
一座小院已空无一人，在其中
劈木柴的手和盯着天空发呆的影子
连同曾经的生活，水一样流走
屋檐下的铁器、水缸、板凳
落满了灰尘。时间，上了一把锁
这里曾有过饱满欢欣的奔腾
四周仍存在某种注视，电流般
只有你知道，哪里会疼
哪里的劈柴已不能生火
哪颗露珠挂在眼角，会被风摇落
河水淹没记忆，梦中
火车越开越远
和你在门前的石阶上
坐了很久，不忍起身告别的
到底是谁呢

2023年12月24日

谁在为你祝福

从河谷捡回枯枝、树桩
每到冬天，祖父就会沿着河滩走
重复做着这件看起来毫无意义的事
那一年，祖父从黄河边背着木柴回来
在麦田旁点起火堆
一簇橘色火焰，慢慢转至金黄
散发出奇异的松香味
麦垛、菜地、树林，落满了霜
田野空空荡荡
露出一种蒙着霜的清冽，远处
整条大河那么清晰、那么沉着
以至于你每走几步
都忍不住回头
你的一生再也没有
看见过那种霜和火了
寒冷的日子，也没有人在路口
留下一堆火

2023年12月25日

野菊花

你见过他吗？黄河边的野菊花
世界喧嚣，生活给的教训已太多
路的尽头是什么

你见过他吗？野菊花孤孤单单
活着的每一天，遗憾的事不必重提
爱的尽头是什么

你见过他吗？晚风吹动的野菊花
河水飘摇，不如和渔猎的人登船远去
生命的尽头是什么

你见过他吗？野菊花站得比波涛高
慢慢凋落，慢慢开
遗忘的尽头是什么

大河边，野菊花用细浪唤醒故乡

2023年12月30日

春 天

午后醒来
母亲在楼下和装空调机的师傅
在说着什么
还有一串奔跑着的脚步声
低低响起

这时候，世界反而极其寂寥
甚至可以听见黄河穿过了原野
在很远的地方
结冰的河，被阳光晒着，流速加快

一瞬间，蒲公英、婆婆纳
久别后重现，欣欣向上的生机里
某种欢喜在流动

这是明亮的时辰
万物各就其位

我们完成了要做的事情
带着一条开满鲜花的大河
一无所求，汤汤向前，时疾时缓

偶尔停下来

等一等，涛声从后面追上来

2024年1月6日

苹果树下

落日在岸边苹果树间移动
持着恒久的容纳、宽恕之心
小小的果实和叶子
皆报以阒寂的光辉
那些期待与幻想，像礼物
还是痛苦之源

你愿意吗
松开时间的绳索
按住胸中弓箭
等落日消隐、愿望耗尽
一种阒寂中的流逝之声
而那正是期待及幻想的本质

在苹果树下
在落日射进黄河之前

2024年1月10日

写 信

写水仙要开了
香气中有一对翅膀
接着写，我们带着玉米地
带着一场大雪，带着花苞
一路飞行，越过城池与峡谷
水仙花，是我们寄出的信
春天迫近，还有什么遗憾吗
如此眷恋着热烈的水声
以及山峦的散漫起伏
当我们拥紧芬芳的华北平原
向黄河和太行山俯身
时间之河，用清澈的眼睛爱我们

2024年1月14日

我们的一生

至今未去的地方，就不必动身了
而未发生的相逢，也请勿念勿扰
生命长途中的泥沼和荆棘一并忽略

昨日，父亲谈到了时间的终点
最好是在太行山下，黄河边
一个人跟随大河奔腾，毫无悔意

在这柔软而阔达的人间
那些无法表达的未竟之梦里
河水运来了跌宕起伏的生平

就都扔在原野吧
岸边橡树林暗中又长高了一寸
一群啄木鸟伸出长喙轻轻啄

时间的尽头——
高处的橡实和啄木鸟
如何掩住风声，扑向坚实的土地

而风，正推着世上所有的河向天空飞去

2024年1月15日

黄　河

暮晚，我们从黄河边回来
带着一身雨水的清冷
以及远眺邙山后的静穆

天色渐暗，我们坐在一起
仿佛顺从了一种神秘的安排
深秋，石榴和山楂在变红
果实低垂，也有腐烂的命运

我们领走什么了吗
甚至在酒后，我们抬头谈论月亮
怎样代替人世圆了又缺

我们因何步入相同的夜晚
平原开阔，撞击视野
途中遇到的麦地，泛着金光
令倦怠的心苏醒

人们在这里活着，大河奔腾
经历过怎样的苦难和欢欣

如果我们在沉默中
望向彼此、望向流水、城市的灯火

我们是否就能在遥远的历史中忆起
是雨水带来了潮湿的河流和群山

那些从心里不停飘出的雾气
催请我们各自走回源头
一条大河，在血管里流淌，日夜澎湃
送来古老的涛声和心跳

2024年1月16日

万物向上

山楂何时变甜，灰喜鹊飞来就会知道
麦田葱茏，每一寸麦芒，一再向上
我从其中匆匆走过，也时常久坐遐想
比河流自由，比钢铁厂沸腾
比错过和破碎，更具修复性
世间的好，由灰喜鹊和麦田决定

爱原野浪漫，爱琐碎的庸常
对面钢铁厂生产出铁质的活法
沉默的工人，劈开命运的碎矿石
比自由丰盈，比沸腾热烈
生命闪着光，万物拔节

至于那不堪说出的，就赠以满坡鲜花
比麦田朴实，比火红的铁流柔软
我一步一步走着，万物生长
像心藏锦绣，像深爱和悔恨

2024年1月16日

暮 春

油菜花谢了，正在结荚

一物寂灭，一物生

关于故乡和永恒

能写下什么

满山泡桐花和一个在田间

摘芥菜的老人

谁更令人轻易心中一热

泡桐花抬高山坡

老人提着一筐芥菜走向炊烟

四月，河流饱满

白云的倒影，是另一种泡桐花

此时，不妨孤独地坐在树下

听一听，风过山坡

花朵告诉你的秘密，正从

光斑里溢出

稍后，明月爬上山顶

带来归途

2024年4月20日

麦 田

麦子熟了，在公路旁
那些麦穗、麦芒
那些沉寂中的色泽和呼吸
使暮春，多出了
一些难以描述的东西
可是，许多人再也不能
回到这里
我们从麦田走过
想起了心里空空的部分
那是什么呢

2024年5月3日

小满，在长江入海口

坐在高铁上
不再关心速度与方向
车窗外，麦子即将收割
我刚刚见过大海和长江
耳边响着风吹芦苇荡的声音
多年后，我会怎么说起
来过这里的人，坐在滩涂边
身体灌满水泥灰一样的波涛
心微微下沉
天地浩荡，并未空出
方寸之地，收留我们
江流不息，奔腾入海
平原上，一座孤岛轻轻移动

2024年5月20日

芦苇荡

在变轻的
不是芦花，白茫茫的一片
而是我们之间，那些无缘无故
就消失的

是什么呢？曾经相信的
有重量的一切
被风吹着，像芦花纷飞
在落日里和江边去向不明

多么轻！芦苇荡白茫茫
众鸟飞尽，时间到了
万物终将转身，直至悄无声息
是江水轻易就带走了所有吗

2024年5月30日

一切的可能

北方收麦
南方种下禾苗
令我们动心的，不是规律
而是顺其自然

小麦归仓，青禾生长
终有一天，大海
送来一座岛屿
风把我们吹成流沙

涛声如雪
谷物在对世界道晚安
有种力量，慢慢变蓝
有种预言，我们一无所知

2024年6月5日

明亮的时辰

我想坐在苹果树下
等收麦的人回来

蚂蚁搬运金黄的新麦
青石屋有柴火烧饭的响动

打麦场空荡，月光的羽毛在飞
我会等很久，并不觉孤独

太行山是我的兄弟
洹河，从祖母的布衫流出

故乡啊，谁在喊熟悉的名字
麦香清甜，被露珠噙着

还有人回来吗？时间在倒叙
苹果从六百年前仰望天空

麦穗在春天起身
灌浆之声，缓缓收紧心脏

2024年6月11日

江边生活

一夜雨，落花纷纷

心里一些有香气的东西

在默默告辞

昨天从江上的石步走过时

看见自己的倒影

忽然怔住，这是我们喜欢的秋天

将引导我们去向何处

一生中的秋天，结束得那么快

我们还没沿着江水去寻访

岸边槭树、乌桕就红了

山坡上，捡油茶籽的人

就要将油亮的秋天背回家

而我们正从一个个石步

追赶自己

许多光阴，风一样消散

刚播的油菜苗，已见新绿

大海从窗口涌来

2024年7月8日

星辰迈过石步

这个时节
芝麻花开在城南
池塘挤满莲藕
从它们中间经过，偶尔
我会站在石步上，默默看
蜻蜓低飞在芝麻
和莲藕的香气之间
细小的温柔，扩散着
心无故泛起波纹
一生太匆忙，总要为了什么
停下脚步
转身时，所走过的路
波浪般追赶而来
途中，星辰迈过石步
多少人，就这样南来北往
一再奔忙、分离
在这之间
长江穿城而过
将高楼和芦苇荡一分为二

2024年7月10日

礼 物

细雨未停
青葙是秋天的礼物
穿过十月奔向又一年岁末

一整天，它们存在于盛开和凋谢之间
像闷声活着的人们，倔强自足
宁静是一条更宽广的路

即使没有回应
星辰依然在它们的头顶
结伴同行，挤满淡紫色的天空

小城街边，烧烤摊前熙熙攘攘
整个秋天，烟火热烈
长江流过了青葙的孤独

我们将长久爱着尘世，狭小又辽阔

2024年7月11日

欢 喜

一夜之间
从盆地到丘陵
果实成熟，热烈而寂静
生命力无声横贯长江流过的地方
许多年过去，我们想跟着火车
走得很远，头也不回
我们愿与任何人事相敬远之
一条无踩踏痕迹的小路
内心喧哗、色彩斑斓
而今秋风乍起，果实
纷纷跌落路上，不关乎伤感
并无期待被路人捡起
万物各遵秩序、彼此馈赠
八月炸、金樱子、寒莓、山楂
每一个果实都有好听的乳名
蓄满生命的支流
替人们从江边分离、相逢
故乡留在原地，星空向远方倾斜

2024年7月12日

怀 念

终究要沉默下来
把要说的话
一切的表达，交给风

忽然怀念，曾路过平原上的村庄
每户人家的门前空地晒着玉米
坐在屋檐下的人，眯眼看天空

一堆堆玉米之间，只谈收成
没有任何事，干扰到
从久坐的姿势里起身
去把晒好的玉米
慢慢收进秋天里

平原向四方敞开，多么完整
世界从来空无一人

2024年7月20日

山坡上

已经很久没有来到山坡上
蚂蚱蹦跶在车前草里
松塔收紧时间的鱼鳞
像植物、小动物一样
依赖一片山坡，彼此相依为命
即使离开，跟着高铁四处奔忙
但总会在某个深夜返还
慢慢走在上弦月
垂下的那条发光的小路上
漂泊的日子结束了，请召回
满怀秋风的人
坐在山坡上，影子斜长
江流送远，故乡寄来一封信
回应以岁月的磅礴回响
星空旋转着，深邃而难忘

2024年8月13日

热 爱

我们把远行者
送到河流里、火堆中
我们中有人已用完了一生

秋天多么盛大
装着眼泪和灰烬
我们在河流旁点燃火堆

缓慢地把
金黄的稻穗、豆荚、菊
留在田野

现在，我们信任青山与河流
要回到最小的
波纹里，安静地照亮自己

以此确证，我们一直流淌着
将去往毫无保留的秋天
交回金光闪闪的事物

2024年8月17日

朝　霞

山还是那几座山

板栗树举着尖刺，围住天空

山边打板栗的人，并不相熟

分散在山坳里的小屋，不时蹿出鸡狗

我明明没有在这里留下生活过的痕迹

这些所见，依然令双眼一热

此刻，从山冈上喷薄而出的朝霞

一路追赶，献出心中的珍贵之物

但我的车越开越快，故乡仅剩一个词语

被远远弃置在公路后

一生仓促，我已无更多理由

领你们回到长江边的故乡

指给你们，那几棵板栗树，多刺

落叶纷飞

2024年8月25日

白 露

母亲把冬瓜削皮

去瓤，切成长条，抹盐

拌上酱、辣椒、蒜泥

晾晒于杉木案板

此刻，阳光也趁势

把一年的时光切到了白露

如果是在江边小城

母亲会和乡邻，在楮溪

洗红薯、花生、南瓜

悉心将粮食从田地搬回

土地，总会把种下的希望

以各种农作物的样子显现

这些都应该充满喜悦

适宜谈谈南方、故乡、生活

一些岁月里，遗留下的痕迹

刻骨，变化中的无常与守护

你和我，终将在这无尽的细节里

寻回失去之物

比如，帮母亲提回清洗过的日子

等秋声，弹跳在石步间

2024年9月7日

沸 腾

我会再次出发
带上深蓝外套、一本书和黑麦面包
站台仍然无人，无须相逢或送别

长江边的秋天，到处都是收割的人们
我不会领走任何事物
如果途中感觉饥饿
我就打开面包里的麦田
那里面有位母亲，在忙着烤饼
围裙掉落芝麻碎屑

车经停在乡村小站台，我正把书
翻到少年离开家乡搭上拖拉机的那一页
我看见他的外套上沾着一两颗苍耳
眼睛忧郁，跳动着洋甘菊盛开的光彩

我将告别这里，合上书本，继续出发
一直走，从不抵达那样前行
直到高铁快速路过某个地名
人间突然沸腾，一片茫茫然

2024年9月14日

灯火金黄

江水顺着暮色

流速缓慢，石拱桥一侧

老旧的砖石爬满薜荔果的藤蔓

秋天短暂

从桥上走过的人，提着一袋苹果

听不清他们的交谈

他们走得很远，空气里

留下衣袖擦出的静电

天气已冷，他们还在等一个好消息

从枝头掉下的果实那样

打中肩膀，江水沁凉

从汽修厂、发电站、小饭馆旁拐弯

长江啊，一直那么平静，薄暮中

胭脂鱼咬碎旋涡，灯火金黄

有人站在那里，低头看了很久

2024年9月30日

鸿雁飞

清晨，雁鸣总先于我们
醒来，切切欢呼着
住在长江边，每一天
都有新的事物来敲门
鸟声的涟漪中，桂花边开边落
早起的人们，去桥的那边
吃早点、买菜、送孩子上学
无用的极其美好的事物在等我们
年轻的桂花树和古老的桂花树
用金黄花枝拥抱，沙沙耳语
岁月老去，人们不断从桥上来去
变换着方言、面孔、身份
这生生不息的人世
无用的极其遗憾的事物，在等我们

2024年10月6日

遥　想

在小镇，忆起雅鲁藏布江的青蓝
十月，车出嘎拉山隧道时
流水在右边，那么宁静、深情

山峰披雪，早晨七点的阳光
照出热烈的金辉，那一刻，我知道
我也是一用力热爱就会下雪的人

江水和雪峰
散落的羊群，迎接着往来者
并目送他们一一离开

我要如何在庸常的时日理解
每一滴水的浩荡和寡言
每一场雪落下，万物徒生白首之心

2024年10月15日

蒙霜的大地

大地终将收回所有
并不意味着这里是空的
万物生长、凋落，重构着秩序
今早醒来，阳光格外明亮
有干草垛的气味，洁净蓬松
轻易就想起了一些温暖的事
在长江边的小城
我们度过了最好或最坏的岁月
再也没有更多怀念和挽留
许多人也是如此，各自冷静地过完一生
斑鸠的叫声再次抓紧空悬物
裸露的原野，重新播下油菜籽
我们审视自己，陌生人般看着自己
种子破壳的碎裂多么镇定

2024年10月24日

追　寻

长江水会告诉你

一去不复返的并不是

那只鹤

经过的地方和见的人越多

就会更加清楚地知道

很多地方只是一个地名

世界并无一人

这个秋天的暮晚，登楼望远

城市楼宇如丛林，钟声敲响

多少代人在这里，生活、做梦

喜悦繁衍着喜悦，悲伤复制着悲伤

那些白云，有的悬挂在窗口

有的在心里漫步

登楼人，忘记了前世

江水横流，大桥坚固

只有那只鹤从一千多年前飞来

去拜访那空

2024年11月15日

细微而快乐的幸福

只有看过群鸟在大河
集体飞翔，响亮的展翅声
在血管云涌
才能感知一只鸟的黄昏
会怎么跌进晚霞褪去光芒的苍茫
而黑暗迅速被波浪推上了岸
不远处，几条废弃的渔船
偶尔在风中晃动一下，鱼腥味
隐入草洲，曾靠河为生的人不知所终
再无多余的担负
几乎是瞬间，世界广阔
落满细微而快乐的幸福
草洲、波浪、羽毛
包括庸常的生活，有风的形状

2024年11月18日

一年将尽

应该庆幸，我们在奔波的路上
你的脸朝向高铁车窗外的平原
时间的脚步，咔嚓响

那一瞬，我正经过南方的旷野
阳光提着山峰奔跑
我们正经历的是
相同的来临以及流逝
金色余晖令我们柔软
想起故乡和过往

一年将尽，我们知道
被拒绝的愿望，并非随风飘散
而是作为一种警醒或印记
凋零的果实，回到大地
长成种子，从新的春天发芽

我们度过了一个又一个日子
孤独又辽阔
此生所爱的并不多
我想说的，不过是
这样的南方

隆冬的南方，水杉寂静着红
裸露的根茎，有力抓紧泥土
结冰的河正缓缓收纳了一切

也许可以停下来吧，看着远处
河水融冰时的浩渺
生命之火，熊熊燃烧

2024年12月26日

后　记

2004 年，我到崇仁县参加江西省谷雨诗会，结识了一批优秀的诗人，自此开始尝试写诗。写了一年多后，朋友建议我投稿。那时，我还不会上网和投稿，就按朋友指导将诗稿从邮局寄到《人民文学》编辑部。我不知道是怎样的一个机缘，《人民文学》原主编韩作荣老师在那么多的自然来稿中，读到我这个陌生的无名的作者的诗，留下了它们。2005 年 6 月，我收到用稿信；10 月，《人民文学》刊出了我的组诗《一个人的行程》（十六首）。接到朋友电话，说在《人民文学》上读到我的诗时，我站在院子的橙树下，晕乎乎、傻乎乎，又欢喜又感动。这对初学写作的我来说，是一种激励和鼓舞。

陆续写了一段时间后，我将诗稿又寄了出去，2006 年 2 月再次收到用稿信，编辑老师在信中鼓励我"你诗的敏感、观察细致微妙以及感觉的表达，是无可挑剔的，盼能写出更多更好的诗来"。2007 年 4 月，组诗《春天手记》再次发表在《人民文学》上。

事实上，在刊发我的作品时，韩老师并不认识我，也未听说过我这个来自乡野的初学写作者。我没有想到自己是那样幸运，就是这么一次普通的投稿，会指引我真正走向写作的路。此后，在写诗的过程中，我获得了很多师友，甚至是陌生读者朋友的帮助、鼓励、引领。无论岁月更迭、世事变迁，心怀热忱、天真、坦诚，持守光明、良善，这些一直是我不停止写诗的动力和源泉。

感谢春天的一只绿色邮筒，将我寄向诗的旷野和繁花深处。

回想二十多年的写诗历程，我领悟到山河壮阔、生命的斑斓多姿，人与人珍贵的情谊、馈赠。我在这里习得的，除了写诗修学之道，还有为人处世的态度。它让我在这漫长的过程中观察、聆听、思索，进而创造。诗里的神秘和启示，赋予我勇气和深情。因此，我愿意是那个手执花枝的人，忠实于内心诚实的情意去呈现、表达。从俗事烟火中提取爱的能力，以此做出一种修复和还原，恢复诗的纯粹和清澈，建造一个蓬勃的奇异世界。因为这样的际遇，我一天比一天爱惜。每当不同的师友阅读我的诗后，给以真诚肯定或指正时，我都很感激，不知道以何答谢，唯有一次次对自己说：好好写。

感谢诗的教诲和礼遇，让我在时间之河里看见万物苍生，看见自己。

最后，感谢诗集编辑过程中师友的恳切赐教，使得这里面的每一首诗甚至是标点，都带着某种凝视和温度。感谢读到这本书的每一个你，无论我们是熟悉的或素未谋面的，我们穿过茫茫人海，在诗中遇见、重逢，相互照亮、眷顾。

林莉

江西上饶人，中国作协会员、江西省作协副主席。曾参加第24届青春诗会。

诗文见于《人民文学》《诗刊》《十月》《花城》《星星》等。入选各种年度诗歌选本。

诗集曾入选中国作家协会重点作品扶持项目、21世纪文学之星丛书、江西省宣传文化急需紧缺人才项目等。

曾获华文青年诗人奖、红高粱诗歌奖、扬子江诗学奖、欧阳山文学奖、第一届江西省文艺创作奖等。

出版诗集
《我们所热爱的生活》
《画春风》
《跟着河流回家》
……